名家笔下的中国老城市丛书

名家笔下的老北京

总主编 张祖庆
主 编 周 群
副主编 闫 欣
朗 诵 柏玉萍

济南出版社

图书在版编目（CIP）数据

名家笔下的老北京 / 周群主编；闫欣副主编 .
济南：济南出版社，2025.5.——（名家笔下的中国老城
市丛书 / 张祖庆总主编）. -- ISBN 978-7-5488-7204-7

Ⅰ . I267

中国国家版本馆 CIP 数据核字第 2025J98Z65 号

本书部分文字作品稿酬已向中国文字著作权协会提存，敬请相关著作权人联系领取。
电话：010-65978917，传真：010-65978926，E-mail：wenzhuxie@126.com。

名家笔下的老北京
MINGJIA BIXIA DE LAOBEIJING
周　群　主编　　闫　欣　副主编

出 版 人　谢金岭
图书策划　赵志坚　刘春艳
责任编辑　赵志坚　孙亚男　李文文　刘春艳
封面设计　谭　正
版式设计　刘欢欢
封面绘图　王桃花

出版发行　济南出版社
地　　址　山东省济南市二环南路 1 号（250002）
总 编 室　0531-86131715
印　　刷　济南新先锋彩印有限公司
版　　次　2025 年 5 月第 1 版
印　　次　2025 年 5 月第 1 次印刷
开　　本　170 mm×240 mm　16 开
印　　张　8
字　　数　100 千字
书　　号　ISBN 978-7-5488-7204-7
定　　价　35.00 元

如有印装质量问题 请与出版社出版部联系调换
电话：·0531-86131736

序

每座城都是一本书，每本"城书"都有其独特的精神气质。

生于此城，长于此城，你便与城融在一起，成为城的细胞。城的性格脾气就是人的性格脾气。城与人，相依共存。

一座有生命的城，少不了市，故曰"城市"。

城市于人的成长是烙印式的。无论你身在何处，永远不能忘记的是家的味道、城的气息、城的日常。我们怀想它，念叨它，也常会在某个时间点，因见到所居城市的一处景、一个人，甚至一株菜而深情满怀、热泪盈眶。作家池莉在回忆家乡武汉的菜薹时写道："我对菜薹是情有独钟不离不弃到即便它们老了也要养着，花瓶伺候，权当插花……看花时，总不免心生感慨：菜薹噢菜薹，你是我对武汉最深的眷恋。"

每一座历经千百年的城市，都是一条生命涌动的长河，于风云变幻间，留下吉光片羽。

一座古老的城市，值得我们细细品读。从显处读，可以是让游人赏心悦目的湖光山色，也可以是令吃客垂涎欲滴的特色美食。但是，仅读这些还不够，我们还要走进城市深处。风采卓绝的人物要读，深厚的文化底蕴要读，明亮的人文精神要读，这样才能走进一座城市的灵魂。

可是，谁敢说，我们真正读懂了我们所生活的城市？谁又敢说，我们真正触摸到了城市的灵魂？可能，在喧嚣的城市里，孩子还没有静静凝视过家门前那条不知源头的河流，没有留心觉察过城市中不断冒出的楼宇，没有仔细聆听过城市发展的滚滚车轮声。甚至，有这样一种情形——生活在南京的孩子不知道石头城的历史，生活在苏州的孩子没听过评弹，生活在西安的孩子没了解过秦岭的前世今生……

不得不说，这是生命成长中的小缺憾。

中国有个性、有魅力、有文化的城市何其多也！若是有一套中国城市的读本，以名家的文字为城市代言，纵览历史发展脉络，横看现代文明景观，让青少年读者从书中读城市的古今面貌，用脚步触摸城市的现实温度，那该多好啊！我的倡议得到各地名师的积极响应，大家一拍即合，快速行动。我们希望，经由这套书，每位大小读者都能从自己所居之城开启城市阅读之旅，了解城的古今，梳理城的脉络，以城为荣，以城为傲。

人是城市的核心因子。人和城市的相处方式有很多种，阅读城市，理应成为重要的一种。以中小学生喜闻乐见的方式打开城市阅读之门是我们的编写初心。通过阅读名家优秀的文学作品，让孩子建立对城市的文化印象，让城市发展脉络及精神气质化入孩子的生命成长中。

经多次讨论，我们最终把这套书命名为"名家笔下的中国老城市"，初定二十个老城市，分别为北京、上海、杭州、南京、武汉、西安、济南、天津、成都、重庆、绍兴、厦门、苏州、福州、合肥、广州、洛阳、开封、镇江、淮安。"老城市"就是有悠久历史、灿烂文明、独特意蕴的城市，老城市都是有故事的城市。读者能从书中感受到厚重的城市文化与个性迥异的时代特质。城市不分大小，大城有大城的宏伟，小城有小城的韵味。

为城市编书代言，我们深知其中的艰辛。一本小书难以概括一座城市的全貌和气质。尽管如此，我们还是愿意倾尽全力。我们组建了一支有深厚的文化学识和城市情怀的编写团队，他们多是在全国有影响力的特级教师、正高级教师、一线名师。有的名师为了在书中呈现更立体多元、经典可读的城市风貌，通读了几百本相关图书，仍觉得不够；有的名师对"老城市"的"老"做了精准的解读，对丛书的助读系统提出丰富的设计框架；有的名师带领他的"学霸"团队，利用节假日，走进博物馆、图书馆，做了大量的文献检索……毫不夸张地说，每个城市的编者都经历了艰苦的"前阅读"。

  然而，写城市的文章太多了，选几十篇编入书中，可谓是沙里淘金，且一定遗珠多多。选择什么样的文字呢？经过几番讨论，数易方案，渐渐地，编写组达成共识。我们发现，读城有迹可循。编写团队做了这样的梳理：

  1.依循城市纵横交错的线索，确定框架。为打捞丢失在历史尘埃中的城市老时光，我们做了一番细细耙梳、反复筛选的工作，再沿着"纵""横"两条线索将占有的资料以主题单元的方式呈现。"纵"即城市的历史沿革、发展脉络；"横"就是城市当下的多面向文化叙事，包含景观、习俗、人物、美食、童谣等。这样编排，既有历史的纵深感，又有现实的亲切感，丰富博大的城市概貌就有可能浓缩在一本小书中。

  2.充分考虑读者对象，精准定位选文方向。本丛书的主要读者是中小学生，兼顾其他年龄段读者，所选文章多是可读性、文学性俱佳的名家作品。很多写城市的书只是给大人看的，客观介绍一座城市，文字也不够浅近，孩子难免会觉得枯燥。从这个意义上来说，这是一套定制版的城市文学读本，这一特色让本套丛书有别于其他城市主题的书。

  3.让"行读城市"成为一种新的生活方式。读城市，最终要走到城市中。本丛书有一个重要的编写思想，那就是跟着编者行读城市。二十个城市读本中，有的将研学作为一个单独章节，有的则将其融合在各个章节中。无论采用哪种形式，小读者们都能从书中读到书外。一本书就是一座城的博物馆"入场券"，儿童（或成人）经由这张"入场券"，走进城市文明深处。

  以《名家笔下的老武汉》为例，我们来一睹老武汉的城貌——全书分为八个章节，从《日暮乡关何处是》到《踏破铁鞋无觅处》《忙趁东风放纸鸢》，将江湖武汉、火辣辣的武汉、因爽而快的武汉生动地展现给读者。每一章都有"导读""群文探究"，每一篇都有"读与思"。读一本书，仿佛在与城市对话、与编者交谈，读者可带着憧憬之心、探究之趣在城的古今穿梭，在城的南北畅游。

  编者刘敏动情地说："二十年前，我在武汉读大学。如今，我拖儿带女留在武汉，安居乐业。多少次，我漫步于夜幕中的长江大桥，和灯火一起微醺；多少次，我在汉口江滩，寻觅百年的沉浮……"

不只是武汉，每一座城都值得用心去读。《名家笔下的老西安》编者王林波老师的感言，说出了所有编者的心声："三年多的时间里，我们走街串巷地亲历感受，我们翻阅文献广泛搜集筛选，我们对话作者深度访谈。一切的努力，只是单纯地想为你——亲爱的读者呈现最适合的老城市。"

我们有理由相信，这是一套真正的精华读本。读者站在名师深读的肩膀上鸟瞰城市，深入城市的叶脉、根系，享受读城的步步惊喜，体验读城的无穷乐趣。

亲爱的读者朋友们，"名家笔下的中国老城市丛书"是一座开放的城堡，我们将不断寻觅，让这个城堡的成员更丰富，文化更多元，视野更开阔。我相信，你们的阅读也必然是开放的——读城市的文学、文化、文明，读城市的传说、市井、烟火，读城市的性格、秉性、气质，读城市的人、事、景……自己读，和爸妈、老师一起读，走进城市博物馆，实景考察，深度研学；不仅读"我的城"，还要读"他的城"，因为这都是"我们的城"。

再次翻阅一本本书稿，我心中感奋不已。我仿佛又一次和编者朋友们一道，穿行一座座古城，漫步一条条大街，走进一处处深宅，聆听古老钟声，触摸历史心跳。

人在城中，城在心里；一眼千秋，千秋一卷；一卷一城，读行无疆。

于杭州谷里书院

寻迹老北京

　　当鸽群掠过箭楼的鎏金飞檐，槐香漫过国子监的琉璃照壁，古老的北京正用它独特的方式，邀你共赴一次探索之旅。在某个安闲的午后，当你将这本小书摊在膝头，这座古城的记忆便在字里行间渐次苏醒。老舍、郁达夫、汪曾祺、林海音……这些刻在文学史上的名字都亲切得像邻家老人。他们的文字像温厚的手掌，牵引着你穿梭于胡同巷陌，在青砖灰瓦间聆听古都的声音。

　　在编写这本小书之初，如何让老北京在书页间立体、鲜活地呈现，是我们最深切的叩问。在浩如烟海的文字中，我们用心寻找着这座城的独特精魂——这里有以白玉栏杆、龙墀丹陛篆刻的帝王叙事，也有蝈蝈罐儿、金鱼缸滋养的平民美学；有殿宇飞檐切割出的庄严秩序，更有胡同炊烟熏染的人间温度。当这些文字层层叠叠地在纸页间舒展，北京便不再是地图上抽象的坐标，而是一个流动着、呼吸着的文化生命体。这些精选的名家名篇，共同绘就了纵横结合、文史交织的风情画卷。

　　翻开书，你可以纵览北京城千年的历史长卷，发现老舍笔下"长着红酸枣的老城墙"下，埋藏着层层的文明密码：辽代陪都的莲花纹地砖上留着游牧民族的体温，元大都的空间布局里凝固着马背民族的阔达，明城墙掺入的糯米汁散发着农耕文明的智慧，林徽因追溯北海公园从萧太后妆楼到市民游船的蜕变，郁达夫在陶然亭的芦花里打捞故都的思念……这些文字犹如时光切片，让我们看见城市如何在朝代更迭中生长。

　　翻开书，你还可以横看古都的多元风貌，从皇家文化到市井生活，从民间习俗到京腔京韵，这本书将全方位地为你呈现老北京的风采。在"皇城气象"中，你将见证中轴线的雄伟庄严。在"胡同人家"里，你将体味"穷忍着富耐着"的老北京生存哲学。当你读到汪曾祺说的"北京人就在这些一小块一小块的豆腐里活着"时，或许会顿悟，这座城市的伟大不仅体现在琉璃殿宇的宏丽与青砖灰瓦的方正规矩，更深深镌刻在北京人生生不息的韧劲中。在"四季晨昏"间，你会感知什刹海的荷风如何浸透文人的纸砚。在"京腔京韵"中，你可以循着戏词的韵脚，泡在戏园子里，听《锁麟囊》的"春秋亭外风雨暴"，咂摸着"酸梅汤铜盏叮当响，西瓜堆成碧绿小山"的北平夏天。在"京范儿与乡风"中，观看老舍描摹的茶馆众生相，辨识"京范儿"里透着的从容……无论是梁实秋笔下的豆汁、焦圈，还是唐鲁孙记忆中的豌豆黄，都成了解码城市性格的感官密钥。这些扎根市井的文化基因，在岁时节令中尤为鲜活：腊月二十三糖瓜祭灶的虔诚，重阳登高簪菊的风习，都凝结着北京人的集体记忆。

不过，要深入理解一座城市的性格，你须得自己走进生活的现场。阅读老北京的"正确姿势"不是端坐在书桌前，而是带上这本"老北京漫游指南"去体验、去发现。在本书的末章，我们特意为你打造了地道的沉浸式"京城漫游"方案，这份小小的礼物承载着我们美好的期盼：希望这些纸上的风景能成为你探索现实的罗盘。愿你漫游故宫，让鎏金的瓦当投影在你的书页上；愿你骑着单车"闯进"胡同，循着书中的线索寻找残留的拴马石，缅怀曾经的四合院；愿你行走街巷，收集北京的声音，录制一份独特的城市记忆；愿你循着"中轴线手绘地图"打卡多姿多彩的北京……有人说，建筑是会说话的史书。这座城市的文化密码，等待你用脚步丈量，用心灵解码。

亲爱的朋友，希望你在未来的人生旅途上，每当看见护城河泛起春水的粼光，听见老杨树上鸽哨的嗡鸣，都会想起这座永远鲜活的北京城。期待某天在钟鼓楼的暮色里，遇见你与北京城对话的身影。

目录 MULU

老北京

第一章 北京之恋

万户千门气郁葱，汉家城阙画图中。

　　正阳门下的万盏灯火，紫禁城的黄瓦红墙，会让第一次踏足这块土地的人惊叹不已。古老的胡同、青砖灰瓦的老宅，又会让漫步在北京大街小巷的人感受到宁静与安详。不仅如此，北京的人情味儿也让人难以忘怀。现在，就让我们跟随作者的脚步，一起走进这座美丽的城市，感受那份埋在作者心底的眷恋吧！

扫码立领
★ 名师朗读
★ 美文微课
★ 城市印象
★ 老城记忆

己亥杂诗（其八）

◎［清］龚自珍

太行①一脉走蜿蜒②，莽莽③畿西虎气蹲④。

送我摇鞭⑤竟东去，此山⑥不语看中原。

注释

①太行：位于华北地区的重要山脉。

②蜿蜒：形容山脉蜿蜒曲折的样子。

③莽莽：形容山势广大无边。

④虎气蹲：形容太行山的雄壮之气，如同猛虎蹲踞。

⑤摇鞭：挥鞭驱马，这里指诗人离别西山，向东行去。

⑥此山：西山。

读与思

当春风轻拂过北京城的柳梢，我们仿佛能听到诗人龚自珍在西山脚下的轻声叹息。他笔下的太行山，如同一条巨龙，蜿蜒盘踞在北京城的西边，静静地守护着这片古老的土地。在这首诗中，我们不仅看到了山的壮丽，更感受到了诗人对北京城的深情眷恋。

燕京八景

◎ [清] 佚 名

银桥观山隐约间，金台夕照晚云烟。

居庸叠翠三边好，琼岛春阴二月间。

太液晴波情不尽，卢沟晓月月栏栅。

蓟门烟雨空余树，玉泉垂虹八景全。

读与思

清乾隆十六年（1751年）御定的燕京八景为：太液秋风、琼岛春阴、金台夕照、蓟门烟树、西山晴雪、玉泉趵突、卢沟晓月、居庸叠翠。

这首诗通过对燕京八景的细腻描绘，不仅展现了北京城的自然美景，也流露出诗人对这些历史名胜的深厚情感。每一句诗都如同一幅精美的画卷，引人入胜。

北　平

◎李健吾

　　北平的城像一个"凸"字，也像一辆铁甲车。京剧《梅龙镇》里面，明朝的正德皇帝用一个比喻说到他的住所，大意是：大圈圈套着一个小圈圈，小圈圈又套着一个小圈圈。所谓大圈圈，就是北平的外城，"凸"字的下半截；所谓小圈圈，就是北平的内城，"凸"字的上半截。虽说城分为内城、外城，但并不是圈圈，也并没有谁圈着谁。只有那个小而又小的圈圈，的确套在内城的中心，通常另有一个尊贵的名称，叫紫禁城。

　　紫禁城又有一大一小：小的是禁城，里面住着一个皇帝，现在没有了皇帝，通常叫故宫；大的是皇城，或者黄城，因为墙是土红色，仿佛庙宇的墙垣，其实颜色不是黄的，也不是紫的。

　　北平的美倒也不在这些里里外外的城堞。要想领略北平的美，最好是坐飞机来一个鸟瞰，否则站在禁城的午门上面，瞭望一下四野也就成了。我这个"野"字用得并不过分。房子隐隐呈现在枝叶下面，街道像一条一条细流，郴郴散开，匀整而不单调，映着红墙碧瓦，仿佛一幅古色古香的有金绿底子的锦缎。街道是灰色的方格，有红花碧茎点缀。

　　外城天坛的祈年殿挡住你西南的视线。繁华平广的前门大街就从正阳门开始，笔直向南，好像通到中国的心脏。往东南望去，有一片阡陌，中间矗立着一座馆阁，这便是过往诗人凭吊的陶然亭。从西到北，远处是绵延的西山，近处是白塔两座，遥遥承住

故宫博物院

晴空。正北有崇祯皇帝殉难的景山。东边似乎没有什么特别瞩目的建筑，但是那些树，你分不清它们是松柏还是柳槐，你也辨不出它们的粗细。只是绿，既不像巴黎绿得那样修饬，也不像巴黎那样压在高楼巨厦的两翼；漫空排去，家家有树为荫，而绿海油然，三海和护城河的水色浮光，倒像或大或小的画舫了。

最后你不妨漫步蹀上金鳌玉蛛桥，站在上面，你会忘记一切……一切都是美的。

替代夏天的绿树的，是冬天的白雪。

灰色的是北平的风沙。它给你带来漠北的呼吸，骆驼的铃铛，挣扎的提示。尘土让你回到现实，胡同却是一部传奇。听听那些胡同的名字！恐怖的有鬼门关，可笑的有羊尾巴胡同，浪漫的有百花深处。

住久了北平，风沙也是清静的。这里没有古刹的幽沉、租界的喧嚣，年轻人宜于读书，老年人便于休养。壮年人离开这里，走向人世的战场。如果失败了回来，它会安慰你；如果胜利了回来，它会把你需要的安逸给你。每一个人都有一个故乡。北平是你的第二故乡，是你精神的归宿，所以它是一个理想的故乡。

它属于人人，好比它大方的语言，是全中国的。我们不能没有它，它是中国和平的象征。

一九四八年十一月

读与思

北平是北京的旧称之一，该词最早源于战国时燕国置右北平郡。西晋时，右北平郡改称北平郡，是北平作为一个地名第一次出现在行政区划中。明洪武元年（1368年），大都易名为北平府，取"北方和平"之意。明永乐元年（1403年）明成祖将北平改名为北京，与南京对应，形成"两京十三布政使司"，此为今名之始。1928年，南京国民政府设立北平特别市，简称北平。1949年9月27日，中国人民政治协商会议第一届全体会议在北平中南海怀仁堂隆重开幕。会议通过了中华人民共和国首都设于北平市同时更名为北京市的决议。

李健吾先生用细腻的笔触描绘了北平城独特的建筑布局、四季变换中的自然美景以及它所承载的历史厚重感。通过作者的文字，我们仿佛能看见北平那古老的城墙、庄严的宫殿，以及那些错落有致的老胡同。在文章的结尾，作者提醒我们北平是"中国和平的象征"，是属于人人，是全中国的。作为新一代的青少年，我们该如何守护好这份宝贵的文化遗产，并将它的魅力展示给世界呢？

北京乎

◎孙福熙

北京乎！别来五年了。

经过丰台以后，火车好像着了慌，如追随火光的蛇急急游行。我停了呼吸，不由自主地被这北京的无形力量所吸引。

一片绿色中远见砖砌的城墙隐现，而黄瓦红墙的城楼并耸在绿叶的波涛中。我能辨别这是正阳门，这是紫禁城与别的一切。

回忆离京时，行至东华门边，我对二哥说："我舍不掉北京的伟大。"我很不能抑制地想念了它五年。现在，我侥幸地又得瞻仰它而濡染其中了。

在绍兴县馆中，大清早醒来，在老鸹的呼声中，槐花的细瓣飘坠如雪。两株大槐树遮盖全院。初晴的日光从茂密的枝叶缺处漏下来，画出轻烟颜色的斜线，落在微湿而满铺槐花的地上，留下蛋形与别的形状的斑纹。新秋的凉爽就在这淡薄的日光中映照出来，我投怀于我所爱的北京。

离别以后，我曾屡登阿尔卑斯高山，也曾荡漾在浩瀚的印度洋中。固然，我不能懂得它们的好处，但阿尔卑斯山的崇高与印度洋之广大远超过北京城，这是无疑的。然而我不因它们而减少对于北京城的崇高与广大的爱慕。

回忆初到北京时，出东车站门，仰见正阳门楼昂立在灯火万盏的广场中，深蓝而满缀星光的天，高远地衬托在它的后面。惯住小城的我对之怎能不深深地感动呢！

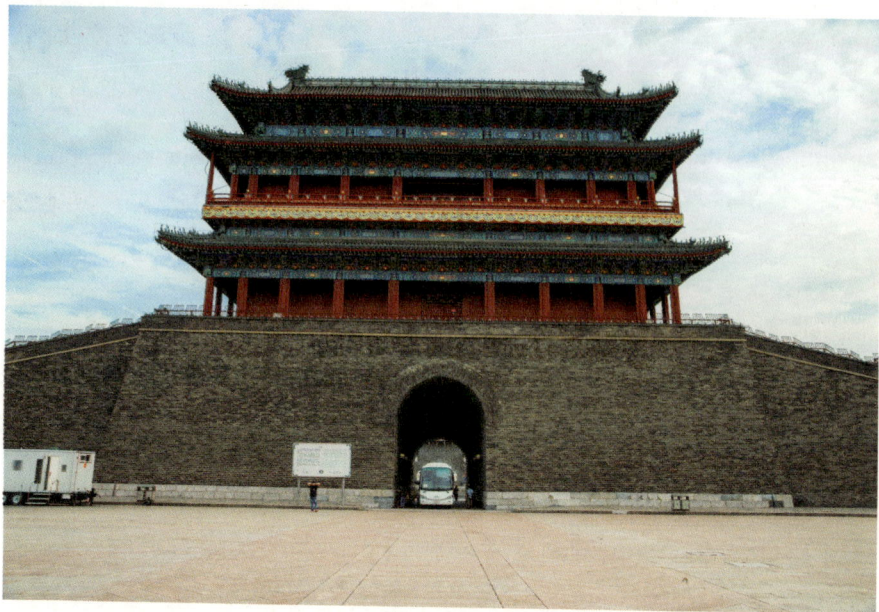

北京前门城楼

我以前没有见过如北京这样这么多的长街。

小城市中所称为大街大路的，都可从这一头望见那一头，而所谓大者，就是说有一来一往的人相遇可以不擦肩不踏破脚趾而已。北京的长街望之好像没有尽头，只见远远地消失在隐约中，徒令人恨自己目力之不足。左右又很宽敞，使因为闷在井底一般的小城中而呼吸急促的我扩大了胸腹。北京的天永远是这样高的，为长而宽的北京的街道凑趣。

我爱北京的原因还不只此哩。我常于晚间去北河沿的槐树与柳树丛中散步，枝条拂过我的头顶，而红色的夕阳照在东安门一带的墙上，使我感觉自己的渺小，于是卑劣社会中所养成的傲慢完全消融了，然而精神上增加了十分的倔强，我从此仍旧觉得自己的高大了。

那时每礼拜的早晨，我与二哥必往教育部会场听杜威先生的教育哲学讲演。冬季的寒风侵面，且带灰沙，我们步行经北上门，穿三海，望见北海中结着雪白的冰，而街上的水车所流出的水滴结成琳琅。这一切都使我警惕。

我曾在以前的城南公园中读过书。暑假时节，我与二哥夹书同往。早晨的太阳已颇猛烈了，我们就钻入紫藤棚中。北京的特色是人到荫中就生凉风。这花荫卫护读书的我们，直至晚上。

我现在来重温旧梦，而且将以我的微力表现它，改善它，增加我及一切市民对北京的好感。

北京乎！我投怀于我所爱的北京。

读与思

　　孙福熙在《北京乎》中深情地表达了对北京这座城市的热爱与怀念。文章通过细腻的描写，展现了北京独特的城市风貌和文化氛围，如正阳门的雄伟、长街的宽敞以及自然景致的美丽。作者不仅赞美了北京的外在美，更强调了这座城市对他个人成长的影响。尽管他曾游历过很多地方，但"对于北京城的崇高与广大的爱慕"并未减少。你认为这是什么原因？在你的生活中有没有一个地方让你感到特别亲近或对你产生了重要影响？试着写下你对这个地方的感受，与小伙伴或家人分享它给你带来的美好记忆。

故都的秋

◎郁达夫

秋天，无论在什么地方的秋天，总是好的；可是啊，北国的秋，却特别地来得清，来得静，来得悲凉。我的不远千里要从杭州赶上青岛，更要从青岛赶上北平来的理由，也不过想尝一尝这"秋"，这故都的秋味。

江南，秋当然也是有的；但草木凋得慢，空气来得润，天的颜色显得淡，并且又时常多雨而少风。一个人夹在苏州、上海、杭州，或厦门、香港、广州的市民中间，混混沌沌地过去，只能感到一点点清凉。秋的味、秋的色、秋的意境与姿态，总看不饱，尝不透，赏玩不到十足。秋并不是名花，也并不是美酒，那一种半开、半醉的状态，在领略秋的过程上，是不合适的。

不逢北国之秋，已将近十余年了。在南方，每年到了秋天，总要想起陶然亭的芦花、钓鱼台的柳影、西山的虫唱、玉泉的夜月、潭柘寺的钟声。在北平，即使不出门去吧，就是在皇城人海之中，租人家一椽破屋来住着，早晨起来，泡一碗浓茶，在院子一坐，你也能看得到很高很高的碧绿的天色，听得到青天下驯鸽的飞声。从槐树叶底，朝东细数着一丝一丝漏下来的日光，或在破壁腰中，静对着像喇叭似的牵牛花的蓝朵，自然而然地也能够感觉到十分的秋意。说到了牵牛花，我以为以蓝色或白色者为佳，紫黑色次之，淡红色最下。最好，还要在牵牛花底，长着几根疏疏落落的尖细且长的秋草，作为陪衬。

北国的槐树，也是一种能使人联想起秋来的点缀。像花而又不是花的那一种落蕊，早晨起来，会铺得满地。脚踏上去，声音也没有，气味也没有，只能感受到一点点极微细极柔软的触觉。扫街的在树影下一阵扫后，灰土上留下来的一条条扫帚的丝纹，看起来既觉得细腻，又觉得清闲，潜意识里并且还觉得有点儿落寞，古人所说的梧桐一叶落而天下知秋的遥想，大约也是在这些深沉的地方。

秋蝉衰弱的残声，更是北国的特产，因为北平处处有树，屋子又低，所以无论在什么地方，都听得见它们的啼唱。在南方是非要上郊外或山上去才听得到的。这嘶叫的秋蝉，在北方可和蟋蟀、耗子一样，简直像是家家户户都养在家里的家虫。

还有秋雨哩。北方的秋雨，也似乎比南方的下得奇，下得有味，下得更像样。

在灰沉沉的天底下，忽而来一阵凉风，便渐沥索落地下起雨

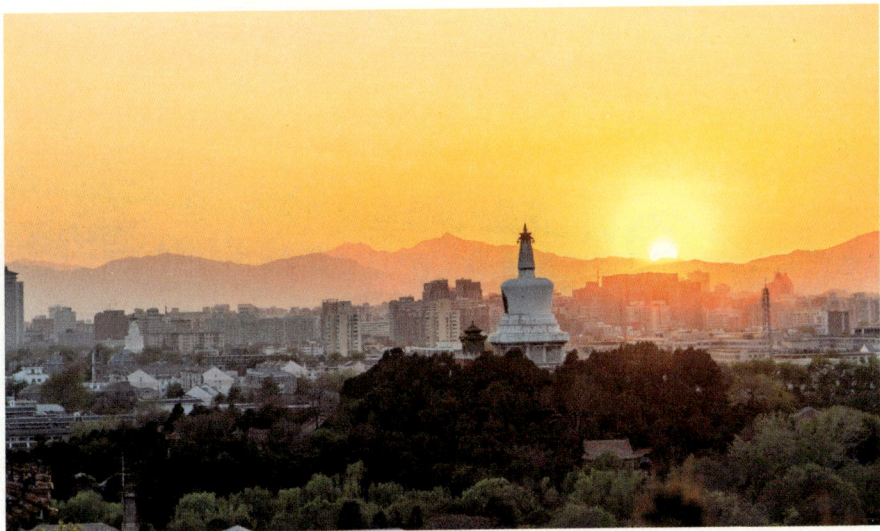

夕阳下的北京

来了。一层雨过，云渐渐地卷向了西去，天又晴了，太阳又露出脸来了。穿着很厚的青布单衣或夹袄的都市闲人，咬着烟管，在雨后的斜阳影里，上桥头树底一立，遇见熟人，便会用缓慢悠闲的声调，微叹着互答着说：

"唉，天可真凉了——"（这"了"字念得很高，拖得很长。）

"可不是吗？一层秋雨一层凉啦！"

北方人念"阵"字，总老像是"层"字，平平仄仄起来，这念错的歧韵，倒来得正好。

北方的果树，到秋天，也是一种奇景。第一是枣子树。屋角、墙头、茅房边上、灶房门口，它都会一株株地长起来。像橄榄又像鸽蛋似的枣子颗儿，在小椭圆形的细叶中间，显出淡绿微黄的颜色的时候，正是秋的全盛时期。等枣树叶落，枣子红完，西北风就要起来了，北方便是沙尘灰土的世界，只有这枣子、柿子、葡萄，成熟到八九分的七八月之交，是北国的清秋的佳日，是一年之中最好的 Golden Days（好日子）。

有些批评家说，中国的文人学士，尤其是诗人，都带着很浓

颐和园

厚的颓废色彩，所以中国的诗文里，赞颂秋的文字特别多。但外国的诗人，又何尝不然？我虽然外国诗文念得不多，也不想开出账来，做一篇秋的诗歌散文钞，但你若去翻一翻英德法意等诗人的集子，或各国的诗文的 Anthology（选集），总能够看到许多关于秋的歌颂和悲啼。各著名的大诗人的长篇田园诗或四季诗里，也总以关于秋的部分，写得最出色而最有味。足见有感觉的动物、有情趣的人类，对于秋，总是一样的特别能引起深沉、幽远、严厉、萧索的感触来的。不单是诗人，就是被关闭在牢狱里的囚犯，到了秋天，我想也一定能感到一种不能自已的深情。秋之于人，何尝有国别，更何尝有人种与阶级的区别呢？不过在中国，文字里有一个"秋士"的词语，读本里又有着很普遍的欧阳子的《秋声》与苏东坡的《赤壁赋》等，就觉得中国的文人，与秋的关系特别深了。可是这秋的深味，尤其是中国的秋的深味，非要在北方，才能感受得到。

南国之秋，当然也是有它的特异的地方的，比如廿四桥的明月、钱塘江的秋潮、普陀山的凉雾、荔枝湾的残荷等，可是色彩不浓，回味不永。比起北国的秋来，正像是黄酒之与白干、稀饭之与馍馍、鲈鱼之与螃蟹、黄犬之与骆驼。

秋天，这北国的秋天，若留得住的话，我愿把寿命的三分之二折去，换得一个三分之一的零头。

一九三四年八月，在北平

读与思

　　郁达夫先生的《故都的秋》，是一幅用文字绘就的水墨画卷，清冷、静谧，却又满是深情。他笔下的北国之秋，不是浓墨重彩的绚烂，而是清浅淡雅的素描，带着一丝悲凉与落寞，却又让人沉醉其中。那清晨的落蕊、午后的秋蝉、傍晚的斜阳，还有那雨后都市闲人的闲谈，每一处都透着生活的烟火气，却又不失诗意。郁达夫文章中的秋，不仅是自然的季节，更是作者内心情感的寄托。这种对秋的执着，或许源于对故都的眷恋，或许是对岁月流逝的感慨。秋，在他的笔下，成了时间的见证，成了心灵的归宿。你是否也对某个季节有过特别的眷恋呢？

群文探究

1.在"北京之恋"这组文章中，作者们用细腻的笔触和真挚的情感，表达了他们对北京深深的爱恋。无论是初见时的震撼，还是久别重逢时的激动，每一个细节都充满了深情。请你选择这组文章中你最感兴趣的一篇，结合文章内容，绘制一幅画，并写一段简短的文字介绍你的构思。

2.通过这组文章，我们不仅看到了北京的外在美，更感受到了它内在的文化底蕴和人文情怀。你认为北京这座城市最吸引你的是什么？请结合这组文章中的内容，写一篇短文，阐述你的观点。

3.假如你有机会去北京体验一天老北京人的生活，你会选择去哪里？会做什么？参考下列格式，列出你的"老北京一日体验计划"，并解释为什么选择这些活动。

老北京一日体验计划

一、基本信息

体验者姓名：_____

体验日期：_____

二、体验目标

通过一天的活动，深入了解北京传统文化的独特魅力，增强对老北京的认知与情感。

三、活动安排

活动一：

时间：_____　　地点：_____

具体内容：_____

活动要求：_____

活动二：

时间：_____　　地点：_____

具体内容：_____

活动要求：_____

……

第二章　皇城气象

帝京南面俯中原，王气千秋涌蓟门。

　　在北京这座古老而又现代的城市中，有一条历史悠久的中轴线。它见证了封建王朝的更迭，也承载了丰富的文化遗产。这条中轴线，如同城市的脊梁，贯穿了北京的心脏，连接着过去与现在。在这里，我们可以感受到皇城的庄严与辉煌，触摸到历史的脉络与温度。

扫码立领
★ 名师朗读
★ 美文微课
★ 城市印象
★ 老城记忆

都城杂咏四首（其一）

◎ [元] 宋 褧

万户千门气郁葱①，汉家城阙②画图中。

九关上彻星辰界③，三市④横陈锦绣丛。

玉碗金杯⑤丞相府，珠幢宝刹梵王宫。

远人纵睹争修贡⑥，不用雕戈⑦塞徼通。

注释

①郁葱：气势旺盛。

②城阙：城池宫殿。

③此句言重重城楼直耸云天。九关，此谓大都重重城楼。彻，达。

④三市：泛指闹市。

⑤玉碗金杯：形容富贵豪华之地。

⑥修贡：献纳贡品。

⑦雕戈：雕刻花纹的戈，指武器。

读与思

这首诗如同一幅流动的画卷，展现了元朝时北京的繁华盛景。诗中"万户千门气郁葱"，生动勾勒出北京的宏伟与生机；"九关上彻星辰界"，则描绘了城墙的高耸；"远人纵睹争修贡"，则彰显了元朝的辉煌与威望，无需武力，便能让四方来朝。

帝京篇

◎［明］王廷相

帝京①南面俯中原，王气②千秋涌蓟门③。

渤澥④东波连肃慎⑤，太行西脊引昆仑。

九皇天运坤维奠，万国星罗北极尊。

尧舜升平见今日，按图形胜不须论。

注释

①帝京：指京都、京城。

②王气：旧指象征帝王运数的祥瑞之气。

③蓟门：在北京城西德胜门外。

④渤澥：渤海。

⑤肃慎：指中国古代北方少数民族。

读与思

  我们阅读《帝京篇》这首诗时，仿佛穿越时空，站在历史的长河中，俯瞰着北京的辉煌。王廷相以其精湛的文笔，将北京壮丽的景色和深厚的文化底蕴展现得淋漓尽致。在这首诗中，我们读到了北京的地理优势，感受到了北京的磅礴气势，更体会到了诗人对北京深深的眷恋和敬意。

  品读《都城杂咏四首（其一）》和《帝京篇》这两首诗，我们不禁要问：是什么让一座城市如此令人向往？北京不仅仅是一座城市，它还是历史的见证，是文化的传承。它承载着过去，连接着未来，是每一个中国人心中的骄傲。

北京的中轴线

◎张克群

整个城市有一条南北走向的中轴线。说是中轴线，可它跟子午线角度上有一点点偏差。子午线是老天爷定的线，而城市的中轴线仅是皇城的线。皇帝是天子，总不能跟老天爷共用一条线吧。这条中轴线沿用了元大都以万宁桥为中心的原则，全长8千米（确切地说是7500米）。

在这条中轴线上的建筑，都是对全城的建筑布局和城市轮廓的形成起着关键作用的。要是把中轴线上的城门全都打开，你在永定门外趴在地上从门洞里往北看，能一眼看到钟鼓楼，你信不信？

现在，你先打个车，到永定门下车，然后从南往北看过去。如果你喜欢左顾右盼，你会先发现永定门至前门这段的两侧，有天坛和先农坛两组大建筑群。然后，跨过护城河上的汉白玉桥（现在是穿过车水马龙的大街），便可穿正阳门箭楼和城楼而过。正阳门是五间两层的城楼，外有半圆形瓮城。原城楼在1900年被八国联军毁去，现城楼建于1906年。在古代，城门楼下面的大门洞几乎永远关着，除非皇上要出城；如今则是永远敞开着，谁穿洞而走都行。现在，你走到正阳门下了，抬头，看看"正阳门"三个字。你发现特别之处了吗？对啦，那个"门"字最后一竖笔没有勾。为什么？只因皇上要走这里，皇上脑袋上悬着个钩子，那还得了！所以就把那个勾儿给抹去了。

自正阳门向北，中轴线上的建筑疏密起伏逐渐加大。在天安门与正阳门之间约 800 米内布置有大明门、长安左门、长安右门，俗称三座门，两侧有千步廊，大明门与正阳门之间有棋盘街和千步廊。这一带是主要的衙署区。你可以想象一下，各衙门的大员们身着蟒袍玉带匆忙而频繁地穿行其间。这些建筑自清末以来陆续被拆改，现已无迹可寻。

天安门建在开有五个门洞的红色砖墩台上，面阔九间，重檐歇山黄琉璃顶。

明清两代皇帝每年大祭祀都要从这里进出。国家有大典也要在天安门上颁诏。颁诏时，文武百官按官职大小依次在金水桥上按官衔大小面北跪拜，宣诏官把诏书用一个木雕金凤的嘴衔着，从城楼上缒下。因为没有复印机，底下的人接到诏书后，还要送到礼部誊写多份，然后颁告天下，这就是所谓"金凤颁诏"。天安门前是外金水河及五道石桥，桥南有石狮、华表各一对。华表及桥栏杆雕镂极其精美生动，应当是永乐年间建都时的原物。从天安门穿进去，北面的端门形制与天安门相同。再往北即紫禁城南面的正门——午门了。

你大摇大摆地进了紫禁城，踩着中轴线沿午门继续向北，穿过前三殿、后三宫便直抵紫禁城北门——神武门。出了神武门，可爬上全城的中心，也是最高点的景山万寿亭。站在此处极目四望，北京城的近观远景尽在眼前。再向北是一条南北向的大街。大街尽头为皇城的北门——地安门。如今门已不在，就剩个地名"地安门大街"了。沿此街继续向北，可直抵鼓楼之前。鼓楼是一座下为砖砌、上为木构五间重檐歇山顶的楼。鼓楼之后又有体积小一号的钟楼。古时候鼓楼司夜，钟楼司昼。也就是说每日傍晚擂鼓，清晨敲钟。击鼓自有规矩：初鼓在戌正时分（晚8点），以后每过一个时辰击鼓一次。上至文武百官下到平头百姓，作息时间皆以鼓声为准。不过我觉得要真是那样，还不每一小时就从梦里惊醒一回？要不然怎么北京有句歇后语呢："钟鼓楼上的家雀——耐惊耐怕。"在元代，它准确的报时靠的是一套铜壶滴漏系统。壶前立一铙神，挺胸叠肚手持双铙，待壶中水一滴完，双铙立刻击响，与此同时击响的24面鼓汇成惊天动地的声音，响彻九霄。后来这套系统被毁于火灾。明清两代皆以钦天官焚香以定更次。钟楼每晚黄昏时分鸣钟108响，报告人们天黑了，然后

故宫博物院全景中轴线

就没它的事了。第二天早上再鸣钟一次，催人起床。这两个体形端庄、前后相重的建筑，给全城中轴线画上了一个完美的句号。唐人骆宾王言道："不睹皇居壮，安知天子尊。"北京城如此强调中轴线，正是要给人以皇权至高无上的印象。你是否也有同感？

（选自《红墙黄瓦》，题目为编者所加）

读与思

2024 年，"北京中轴线——中国理想都城秩序的杰作"被列入《世界遗产名录》。本文以北京城的中轴线为核心，细致描绘了这条历史轴线上的建筑布局和文化意义。北京中轴线可不是一条普通的线，它是北京城的"脊梁骨"，贯穿了整个城市。从中轴线的起点永定门到终点钟鼓楼，作者不仅介绍了沿线的著名建筑，还通过生动的语言，让读者感受到中轴线在北京城市发展中的重要性，既展现了北京作为古都的宏伟与庄严，同时也反映了中国古代城市规划的智慧和审美追求。

北海公园

◎林徽因

　　在二百多万人口的城市中，尤其是在布局严谨、街道引直、建筑物主要都左右对称的北京城中，会有像北海这样一处水阔天空、风景如画的环境，踞在城市的心脏地带，实在令人料想不到，使人惊喜。初次走过横亘在北海和中海之间的金鳌玉蝀桥的时候，望见隔水的景物，真像一幅画面，给人的印象尤为深刻。耸立在水心的琼华岛，山巅白塔，林间楼台，受晨光或夕阳的渲染，景象非凡特殊。湖岸石桥上的游人或水面小船，处处也都像在画中。池沼园林是近代城市的肺腑，借以调节气候，美化环境，休息精神；北海风景区对全市人民的健康所起的作用是无法

北海公园

衡量的。北海在艺术和历史方面的价值都是很突出的，但更可贵的还是在今天它回到了人民手里，成为人民的公园。

我们重视北海的历史，因为它也是北京城历史重要的一段。它是今天的北京城的发源地。远在辽代（十一世纪初），琼华岛的位置就是一个著名的台，传说是"萧太后台"；到了金代（十二世纪中），统治者在这里为自己奢侈地建造郊外离宫：凿大池，改台为岛，移北宋名石筑山，山巅建美丽的大殿。元忽必烈攻破中都，曾住在这里。元建都时，废中都旧城，选择了离宫地址作为他的新城——大都皇宫的核心，称北海和中海为太液池。元的三个宫分立在两岸，水中前有"瀛洲圆殿"，就是今天的团城；北面有桥通"万岁山"，就是今天的琼华岛。岛立在太液池中，气势雄壮，山巅广寒殿居高临下，可以远望西山，俯瞰全城，是

北海公园白塔

忽必烈的主要宫殿，也是全城最突出的建筑。明毁元三宫，建造今天的故宫以后，北海和中海的地位便不同了，也不那样重要了。统治者把两海改为游宴的庭园，称作"内苑"。广寒殿废而不用，明万历时坍塌。清初开辟南海，增修许多庭园建筑；北海北岸和东岸都有个别幽静的地方。北海面貌最显著的改变是在一六五一年，琼华岛广寒殿旧址上，建造了今天所见的西藏式白塔。岛正南半山殿堂也改为佛寺，由石阶直升上去，遥对团城。这个景象到今天已保持整整三百年了。

北海布局的艺术手法是继承宫苑创造幻想仙境的传统，所以它以琼华岛仙山楼阁的姿态为主：上面是台殿亭馆；中间有岩洞石室；北面游廊环抱，廊外有白石栏楯，长达三百米；中间漪澜堂，上起轩楼为远帆楼，和北岸的五龙亭隔水遥望，互见缥缈，是本着想象的仙山景物而安排的。湖心本植莲花，其间有画舫来去。北海的布局是有着丰富的艺术传统的。它的曲折有趣、多变化的景物，也是它最得游人喜爱的因素。同时更因为它的水面宏阔，林岸较深，尺度大，气魄大，最适合于现代青年假期中的一切活动——划船、滑冰、登高远眺，北海都有最好的条件。

（选自《我们的首都》，题目为编者所加）

读与思

　　琼华岛上的白塔、湖中的画舫、岸边的古建筑，处处如诗如画。我们阅读林徽因的文字，仿佛走进了仙境。北海的历史是一部北京城的传奇。从辽代的"萧太后台"，到金元的皇家离宫，再到明清的皇家"内苑"，它见证了北京的沧桑巨变。如今，它回到人民手中，成为人民的乐园。宏阔的水面和深邃的林岸，为现代青年提供了丰富的活动空间。无论是划船、滑冰，还是登高远眺，都能让人感受到老北京的魅力。读完这篇散文，你觉得北海为何如此迷人？如果你有机会去北海公园，你会选择哪个季节？

群文探究

1.2024 年 7 月 27 日，联合国教科文组织第 46 届世界遗产大会通过决议，将"北京中轴线——中国理想都城秩序的杰作"列入《世界遗产名录》。北京中轴线成功申遗，这不仅是对历史的尊重，也是对未来的期许。从阅读"皇城气象"这一组文章开始，我们一起走进北京的皇城。这不仅是一次历史的旅行，更是一次文化的洗礼。

请搜集北京中轴线的相关资料，通过实地走访，亲身体验和观察中轴线上的地标性老建筑和新建筑，了解它们的历史背景、建筑风格和文化意义。在此基础上，绘制一张个性化的北京中轴线地图，展现你对中轴线文化的理解。

2.北京中轴线不仅仅是一条直线，还是北京的灵魂，是无数工匠智慧的结晶，是古代帝王权力的象征。沿着这条线，我们可以看到天坛的祈年殿。祈年殿是古代皇帝祭天祈福的地方，它精巧的设计，独特的结构，让人不禁赞叹古人的智慧。再往北走，就是故宫。故宫是世界上保存最完整的皇家宫殿，它用自己的一砖一瓦诉说着历史的故事。而北海的白塔、昆明湖上的十七孔桥，更是为北京增添了几分诗意与浪漫。

如果给你一台时光穿梭机，让你选择一个朝代去体验一天的皇家生活，你会选择哪个朝代？为什么？

第三章　胡同人家

有名的胡同三千六，没名的胡同赛牛毛。

胡同，是老北京的血脉，也是老北京的魂。胡同的每一砖每一瓦都镌刻着历史的痕迹。灰墙青瓦间，四合院错落有致，邻里间的寒暄问候、孩童们的嬉笑玩闹，为这方天地注入了温暖的烟火气。胡同不仅是交通的小径，更是情感的纽带，承载着北京人的回忆与眷恋。它见证了时代的变迁，却始终以包容的姿态，守护着那份独有的京味儿，成为北京不可磨灭的文化符号。

扫码立领
★ 名师朗读
★ 美文微课
★ 城市印象
★ 老城记忆

清平乐（其一）

◎ [清] 叶昌炽

城西地迥①。门掩蓬蒿静②。燕子归来巢乍定③。犹忆旧时门径。
古碑金薤④盈箱。乱书束笋⑤堆床。试问几朵家具，两三薄笨⑥
车装。

注释

①地迥：地方偏远。

②蓬蒿：指野生的蓬草和蒿草。这里形容门庭冷落，显得十分安静。

③乍定：刚刚安定下来。此处形容燕子飞回来，新建或重修了巢穴。

④金薤：金属制的书签或书夹，用于在书中做标记。

⑤束笋：像竹笋一样捆扎的书籍。

⑥薄笨：简单粗糙。

读与思

　　诗人通过对日常生活的观察和体验，用细腻的笔触描绘了胡同生活宁静温馨的氛围，同时流露出对传统生活方式的怀念和尊重。

古都胡同

◎汪曾祺

北京城是一个四方四正的城，街道都是正东正西，正南正北。北京只有几条斜街，如烟袋斜街、李铁拐斜街、杨梅竹斜街。北京人的方位感特强。你向北京人问路，他就会告诉你路南还是路北。过去拉洋车的，到拐弯处就喊叫一声"东去！""西去！"老两口睡觉，老太太嫌老头挤着她了，说："你往南边去一点！"

沟通这些正东、正西、正南、正北的街道的，便是胡同。胡同把北京这块大豆腐切成了许多小豆腐块。北京人就在这些一小块一小块的豆腐里活着。北京有多少条胡同？"有名的胡同三千六，没名的胡同赛牛毛。"

胡同有大胡同，如东总布胡同；有很小的，如耳朵眼胡同。一般说的胡同指的是小胡同，"小胡同，小胡同"嘛！

胡同的得名各有来源。有的是某种行业集中的地方，如手帕胡同，当初大概是专卖手绢的地方；头发胡同，大概是卖假发的地方。有的是皇家储存物料的地方，如惜薪司胡同（存宫中需要的柴炭），皮库胡同（存裘皮）。有的是这里住过一个什么名人，如无量大人胡同，这位大人也怪，怎么叫这么个名字；石老娘胡同，这里住过一个老娘——接生婆，想必这老娘很善于接生；大雅宝胡同，据说本名大哑巴胡同，是因为这里曾住过一个哑巴。有的是肖形，如高义伯胡同，原来叫狗尾巴胡同；羊宜宾胡同，原来叫羊尾巴胡同。有的胡同则不知何所取意，如大李纱帽胡同。

北京胡同

有的胡同不叫胡同，却叫一个很雅致的名称，如齐白石曾经住过的"百花深处"。其实这里并没有花，一进胡同是一个公共厕所！

胡同里的房屋有一些是曾经很讲究的，有些人家的大门上钉着门钹，门前有拴马桩、上马石，记述着往昔的繁华。但是随着岁月风雨的剥蚀，门钹已经不成对，拴马桩、上马石都已成为浑圆的、棱角线条都模糊了。现在大多数胡同已经成了"陋巷"。

胡同里是安静的。偶尔有磨剪子磨刀的"惊闺"（十来个铁片穿成一串，摇动作响）的声音，算命的盲人吹的短笛的声音，或卖硬面饽饽的苍老的吆唤——"硬面饽饽——阿饽！"。"山静似太古，日长如小年"，时间在这里似乎是不流动的。

（节选自《古都残梦——胡同》，题目为编者所加）

读与思

　　在本文中，汪曾祺先生以平实而深情的语言表达了其独特的视角和感受。这篇散文通过对北京胡同居民市井生活的描述，以及胡同在不同时代背景下的变迁，展示了胡同的历史渊源、形态特征以及它们在北京人生活中的独特地位。作者将历史与现实、传统与现代巧妙地融合在一起，让我们在阅读中既能感受到胡同的古老韵味，又能体会到时代的发展给这些古老街巷带来的变化。

老北京的小胡同

◎萧 乾

　　我是在北京的小胡同里出生并长大的。由于我那个从未见过面的爸爸在世时管开关东直门，所以东北城角就成了我早年的世界。20世纪40年代我在海外漂泊时，每当思乡，我想的就是北京的那个角落。我认识世界就是从那里开始的。

　　还是位老姑姑告诉我说，我是在羊管（或羊倌）胡同出生的。20世纪70年代从"五七"干校回北京，读完美国黑人写的那本《根》，我也去寻过一次根。大约3岁时我就搬走了，但印象中我们家好像是坐西朝东，门前有一排垂杨柳。当然，样子全变了。20世纪90年代，一位摄影记者非要拍我念过中学的崇实（今北京二十一中），顺便把我拉到羊管胡同，在那牌子下面只拍了一张照片。

　　其实，我开始懂事是在褡裢坑。10岁时，我母亲死在菊儿胡同。我曾在小说《落日》中描写过她的死，又在《俘虏》中写过菊儿胡同旁边的大院——那是我的仲夏夜之梦。

　　母亲去世后，我被寄养在堂兄家里。当时我半工半读，织地毯和送羊奶，短不了走街串巷。高中差半年毕业（1927年冬），我因学运被变相开除，远走广东潮汕。1929年，我虽然又回到北平上大学，但那时过的是校园生活了。我这辈子只有头17年是真正生活在北京的小胡同里，那以后，我就走南闯北了。可是不论我走到哪里，在梦境里，我的灵魂总在那几条小胡同转悠。

　　啊，胡同里从早到晚是一阕动人的交响乐。大清早就是一阵接一阵的叫卖声。挑子两头是"芹菜辣青椒，韭菜黄瓜"，碧绿的叶子上还滴着水珠。过一会儿，卖"江米小枣年糕"的车子推过来了。然后是叮叮当当的"锅盆锅碗的"。最动人心弦的是街头理发师手里那把铁玩意儿，"嗞啦"一声就把空气荡出漾漾花纹。

北京的叫卖声最富季节性。春天是"蛤蟆骨朵儿大甜螺蛳"，夏天是"莲蓬和凉粉儿"，秋天是"炒栗子炒得香喷喷、黏糊糊的"，冬天是"烤白薯真热火"。

我最喜欢听夜晚的叫卖声。夜晚叫卖的顾客对象大概都是灯下斗纸牌的少爷小姐。夜晚叫卖的特点是徐缓、拖尾，而且当中必有段间歇——有时还挺长。像"硬面——饽饽"，中间好像还有休止符。比较干脆的是卖熏鱼的或者"算灵卦"的。最喜欢拉长，而且加颤音的是夜乞者："行好的——老爷——太（哎）太——有那剩菜——剩饭——赏我点吃啵。"

（本文为节选）

读与思

老北京有许多充满生活气息和历史痕迹的胡同。它们不宽阔、不张扬，却藏着无数人的童年和记忆。对于作家萧乾来说，胡同是他心中的根。因为不论他走到哪里，在梦境里，他的灵魂总在那几条小胡同转悠。萧乾先生认识世界是从胡同开始的，那你认识世界又是从哪里开始的呢？

老北京的四合院

◎邓云乡

四合院之好，在于它有房子、有院子、有大门、有房门。关上大门，自成一统；走出房门，顶天立地；四顾环绕，中间舒展；廊栏曲折，有露有藏。如果条件好，几个四合院连在一起，那除去合之外，又多了一个深字。"庭院深深深几许""一场愁梦酒醒时，斜阳却照深深院"……这样纯中国式的意境，其感人之处，是和古老的四合院建筑分不开的。

北京四合院好在其合，贵在其敞。合便于保存自我的天地；敞则更容易观赏广阔的空间，视野更大，无坐井观天之弊。这样的居住条件，似乎也影响到居住者的素养和气质。一方面，是不干扰别人，自然也不愿别人干扰；另一方面，很敞快、较达观、不拘谨、较坦然，但也缺少竞争性，自然也不斤斤计较。

…………

小院主人如果是一位健壮的汉子，瓦匠、木匠、花把式、卖切糕的……省吃俭用，攒下几个钱，七拼八凑弄个小院，弄三间灰棚住，也很不错。一进院门，种棵歪脖子枣树；北房山墙上，种两棵老倭瓜；屋门前种点喇叭花、指甲草、野菊花、草茉莉……总之，秋风一起，那可就热闹了，会把小院点缀得五光十色，那真是秋色可观，虽在帝京，也饶有田家风味。至于那些盛开的花花草草，喇叭花的紫花白边，指甲草的娇红带粉，野菊花的黄如金盏，草茉莉的白花红点，俗名叫"抓破脸儿"，还有那"一架秋风扁豆花"淡紫色的星星点点……这些花都是开在夏尾，盛在秋初，点缀得陋巷人家秋色如画。

当然，再有精致一点的小院，这种院子不是北城的深宅大院，而大多在东城、西城及南城。"四破五"的南北屋，也就是四开间的宽度，盖成三正两耳的小五间，东西屋非常入浅，但是整个小院格局完整，建筑精细，甚至都是磨砖对缝的呢……砖墁院子，很整洁，不能乱种花草，不能乱拉南瓜藤，青瓦屋顶，整整齐齐，这个小院的秋色何在呢？北屋阶下左右花池子中，种了两株铁梗海棠，满树嘉果，粒粒都是半绿半红，喜笑颜开。南屋屋檐下，几大盆玉簪，更显其亭亭出尘，边上可能还有一两盆秋葵，淡黄的蝉翼般的花瓣，像是起舞的秋蝶。

小院的秋色也在迅速地变化着，待到那方格窗棂上的绿色冷布换成雪白的东昌纸时，那已是秋尽冬初了。

四合院

四合院之冬，首先在于它充满了京式的暖意。也许有人问，暖意还分模式吗？的确如此。同样的暖意，情调不同，生活趣味也不同。欧洲有不少人家，在有水汀、空调的房间里，还照样保存壁炉，生起炉火，望着熊熊的火焰来思考人事，谈笑家常……更有超越于水汀、空调之外的特殊暖意。

古老的四合院，房后面老槐树的枝丫残叶狼藉之后，冬来临了。趁早把窗户重新糊严实，把炉子装起来，把棉门帘子挂上，准备过冬了……天再一冷，炉子生起来，大太阳照着窗户，坐在炉子上的水壶扑扑地冒着热气，望着玻璃窗外宽敞的院子，那样明洁。檐前麻雀"喳喳"地叫着，听着胡同中远远传来的叫卖声……这一小幅北京四合院的冬景，它所给你的温馨，是没有任何东西可代替的。

（本文为节选）

读与思

这是一篇具有浓郁文化韵味和深厚情感的散文。文章生动地描绘了老北京四合院的建筑格局、居住环境以及与之相关的生活细节。通过作者细腻的笔触，读者仿佛置身于四合院中，看到了四合院的大门、影壁、庭院、房屋，感受到了四合院中宁静而温馨的生活氛围。作者不仅仅是在描写建筑，更是在挖掘四合院背后所蕴含的老北京文化。作者通过对四合院文化元素的描述，表达了对老北京传统文化的热爱和珍视之情。

群文探究

1.在闲暇的周末，请你开始一场城市探险之旅吧！你的任务是像一名真正的探险家一样，实地走访一条胡同，用你的双眼去发现，用你的心去感受。然后，将你的所见所闻写成一份精彩、生动的胡同实地考察报告。

胡同实地考察报告

胡同名称：	考察时间：	考察人：
胡同名字的由来、传说等：		
探索与发现：		

2. 你将变身为小建筑师，与小伙伴们开展团队合作，利用纸板、木棍等材料，用灵巧的双手和无限的创意，制作一个四合院模型。你们需要考虑四合院的布局、门窗的设计，甚至是院子里的装饰。制作完成后，和小伙伴交流一下心得吧！

3. 在这组文章中，我们了解到许多关于胡同的有趣故事。请你选择一个你最喜欢的胡同文化元素，查找资料，研究它在老北京生活中的意义和作用。

第四章　四季晨昏

春日槐花如雪飘，秋风杏叶铺满地。

　　北京，这座古老而又充满魅力的城市，承载着无数人的梦想与回忆。春天里，槐花如雪般飘落；夏日里，北海公园的荷花如烟霞般盛开；秋风中，银杏叶铺满大地；冬日里，雪花覆盖了整座城市。四季更迭，每一刻都是那么美好。

扫码立领
★ 名师朗读
★ 美文微课
★ 城市印象
★ 老城记忆

燕京四时歌（四首）

◎［明］徐祯卿

其一

天柳垂丝拂建章①，银冰千片落金塘。

烟花②万国行人度，遥指蓬莱春日光。

其二

暑殿③金泉枕碧山，清凉楼阁五台④间。

赤日不行葱岭⑤北，雪花长绕玉门关⑥。

其三

蓟门⑦桑叶落溏沱，代北浮云鸿雁多。

莫向云中传尺素⑧，空将明月对颦蛾⑨。

其四

葡萄新酒泼流霞，十月燕山雪作花。

天子后庭夸玉树，昭君胡服拂琵琶。

注释

①建章：建章宫，汉代宫殿名，这里借指北京的宫殿。

②烟花：形容春天的美景如同烟花般绚烂。

③暑殿：夏季的宫殿。

④五台：五台山，这里泛指北京周围的山。

⑤葱岭：今帕米尔高原。

⑥玉门关：古代西北边关名，这里指北京以北的地区。

⑦蓟门：古代燕国的城门，这里代指北京地区。

⑧尺素：书信。

⑨颦蛾：微皱的眉头，这里形容女子因思念而皱眉的样子。

北京的山

读与思

　　这四首诗通过对北京四季的描绘，展现了北京城的壮丽景色。从春日如蓬莱的春光到夏日的清凉楼阁，从秋日的蓟门落叶到冬日的燕山雪景，徐祯卿以其细腻的笔触，描绘了北京城不同季节的特色，让人仿佛置身其中，感受着四季的更迭与京城的繁华。

满井游记

◎ ［明］袁宏道

　　燕地寒，花朝节后，余寒犹厉。冻风时作，作则飞沙走砾。局促①一室之内，欲出不得。每冒风驰行，未百步辄返。

　　廿二日天稍和，偕数友出东直②，至满井。高柳夹堤，土膏③微润，一望空阔，若脱笼之鹄。于时④冰皮始解，波色乍明，鳞浪⑤层层，清澈见底，晶晶然如镜之新开而冷光之乍出于匣⑥也。山峦为晴雪所洗⑦，娟然⑧如拭，鲜妍明媚，如倩女之靧（huì）面而髻鬟之始掠也⑨。柳条将舒未舒，柔梢披风⑩，麦田浅鬣（liè）

北京颐和园的春天

寸许⑪。游人虽未盛，泉而茗者，罍（léi）而歌者，红装而蹇（jiǎn）者⑫，亦时时有。风力虽尚劲，然徒步则汗出浃⑬背。凡曝沙之鸟，呷浪之鳞⑭，悠然自得，毛羽鳞鬣之间，皆有喜气。始知郊田之外，未始无春，而城居者未之知也。

夫不能以游堕事，潇然于山石草木之间者，惟此官也。而此地适与余近，余之游将自此始，恶能无纪？己亥之二月也。

注释

①局促：拘束。

②东直：北京东直门，在城东北角。满井在东直门北三四里。

③土膏：肥沃的土壤。膏，肥沃。

④于时：在这时。

⑤鳞浪：像鱼鳞似的浪纹。

⑥匣：指镜匣。

⑦山峦为晴雪所洗：山峦被融化的雪水洗干净。

⑧娟然：美好的样子。

⑨如倩女之靧面而髻鬟之始掠也：像美丽的少女洗了脸刚梳好髻鬟一样。倩女，美丽的女子。靧，洗脸。

⑩披风：在风中散开。

⑪麦田浅鬣寸许：麦苗高约一寸。鬣，兽颈上的长毛，这里形容不高的麦苗。

⑫泉而茗者，罍而歌者，红装而蹇者：汲泉水煮茶喝的，端着酒杯唱歌的，穿着艳装骑驴的。茗，茶。罍，酒杯。蹇，这里指驴。

⑬浃：湿透。

⑭曝沙之鸟，呷浪之鳞：在沙滩上晒太阳的鸟，浮到水面戏水的鱼。呷，吸，这里用其引申义。鳞，这里指鱼。

译文

北京一带气候寒冷，花朝节过后，冬天余下的寒气还很厉害。冷风时常刮起，刮起就飞沙走石。拘束在一室之中，想出去不可得。每次冒风疾行，不到百步就（被迫）返回。

二十二日天气略微暖和，偕同几个朋友出东直门，到满井。高大的柳树夹立堤旁，肥沃的土地有些湿润。一眼望去，空旷开阔，（觉得自己）好像是逃脱笼子的天鹅。这时河的冰面刚刚融化，水光才闪烁发亮，像鱼鳞似的浪纹一层一层。河水清澈得可以看到河底，亮晶晶的，好像明镜刚打开，清冷的光辉突然从镜匣中射出来一样。山峦被晴天融化的积雪洗过，纯净新鲜，好像刚擦过一样；娇艳明媚，（又）像美丽的少女洗了脸刚梳好的发髻一样。柳条将舒未舒，柳梢在风中散开，麦苗破土而出，高约一寸。游人虽然还不算多，（但）用泉水煮茶喝的，拿着酒杯唱歌的，身着艳装骑驴的，也时时能看到。风力虽然还很强，但走一会儿路就汗流浃背了。举凡（那些）在沙滩上晒太阳的鸟，浮到水面上吸水的鱼，都悠然自得，羽毛鳞鳍当中都透出喜悦的气息。（我这）才知道郊野之外未尝没有春天。可住在城里的人（却）不知道啊！

不会因为游玩而耽误公事，能流连忘返于山石草木之间的，恐怕只有我这个身居闲职的人了吧。而此地正好离我近，我将从现在开始出游，怎能没有记录？（这是）万历二十七年二月。

读与思

在《满井游记》这篇美文中，明代文学家袁宏道以其精湛的文笔，带领我们穿越时空，回到了那个春寒料峭的北京郊外。作者以细腻的笔触，描绘了一幅生机勃勃的春日景象，让人仿佛置身于那片解冻的河流旁，感受到春风拂面的温柔。在这篇游记中，冬日的萧瑟与春日的生机形成了鲜明对比，使满井的春天显得更加动人。同时，文章中还蕴含着深刻的哲理——即使在寒冷的冬日，春天的脚步也从未停歇，它在不经意间悄然而至，给人以惊喜和希望。

北平的夏天

◎老 舍

在太平年月，北平的夏天是很可爱的。从十三陵的樱桃下市到枣子稍微挂了红色，这是一段果子的历史——看吧，青杏子连核儿还没长硬，便用拳头大的小蒲篓儿装起，和"糖稀"一同卖给小姐与儿童们。慢慢地，杏子的核儿已变硬，而皮还是绿的，小贩们又接二连三地喊："一大碟，好大的杏儿喽！"这个呼声，每每教小儿女们口中馋出酸水，而老人们只好摸一摸已经活动了的牙齿，惨笑一下。不久，挂着红色的半青半红的"土"杏儿下了市。而吆喝的声音开始音乐化，好像果皮的红美给了小贩们灵感似的。而后，各种杏子都到市上来竞赛：有的大而深黄，有的小而红艳，有的皮儿粗而味厚，有的核子小而爽口——连核仁也是甜的。最后，那驰名的"白杏"用绵纸遮护着下了市，好像大器晚成似的结束了杏的季节。当杏子还没断绝，小桃子已经歪着红嘴想取而代之。杏子已不见了。各样的桃子，圆的、扁的、血红的、全绿的、浅绿而带一条红脊椎的、硬的、软的、大而多水的、小而脆的，都来到北平，给人们的眼、鼻、口以享受。

红李、玉李、花红和虎拉车，相继而来。人们可以在一个担子上看到青的红的，带霜的发光的，好几种果品，而小贩得以充分地施展他的喉音，一口气吆喝出一大串儿来——"买李子耶，冰糖味儿的水果来耶；喝了水儿的，大蜜桃呀耶；脆又甜的大沙果子来耶……"

每一种果子到了熟透的时候，才有由山上下来的乡下人，背着长筐，把果子遮护得很严密，用笨拙的、简单的呼声，隔半天才喊一声"大苹果"，或"大蜜桃"。他们卖的是真正的"自家园"的山货。他们人的样子与货品的地道，都使北平人想象到西边与北边的青山上的果园，而感到一点诗意。

梨、枣和葡萄都下来得较晚，可是它们的种类之多与品质之美，并不使它们因迟到而受北平人的冷待。北平人是以他们的大白枣、小白梨与牛乳葡萄为骄傲的。看到梨枣，人们便有"一叶知秋"之感，就要开始晒一晒夹衣与拆洗棉袍了。

在最热的时节，也是北平人口福最深的时节。果子以外还有瓜呀！西瓜有多种，香瓜也有多种。西瓜虽美，可是论香味便不能不输给香瓜。况且，香瓜的分类好似有意的"争取民众"——那银白的、又酥又甜的"羊角蜜"假若适于文雅的仕女吃取，那硬而厚的、绿皮金黄瓤子的"三白"与"蛤蟆酥"就适于少壮的人们试一试嘴劲，而"老头儿乐"，顾名思义，是使没牙的老人们也不至向隅的。

在端午节，有钱的人便可以尝到汤山的嫩藕了。赶到迟一点鲜藕也下市，就是不十分有钱的人，也可以尝到"冰碗"了——一大碗冰，上面覆着张嫩荷叶，叶上托着鲜菱角、鲜核桃、鲜杏仁、鲜藕，与香瓜组成的香、鲜、清、冷的酒菜儿。就是那吃不起冰碗的人们，不是还可以买些菱角与鸡头来尝一尝"鲜"吗？

假若仙人们只吃一点鲜果，而不动火食，仙人在地上的洞府应当是北平啊！

天气是热的，可是一早一晚相当凉爽，还可以做事。会享受的人，屋里放上冰箱，院内搭起凉棚，他就不会受到暑气的侵袭。

假若不愿在家，他可以到北海的莲塘里去划船，或在太庙与中山公园的老柏树下品茗或摆棋。"通俗"一点的，什刹海畔借着柳树支起的凉棚内，也可以爽适地吃半天茶，咂几块酸梅糕，或呷一碗八宝荷叶粥。愿意洒脱一点的，可以拿上钓竿，到积水滩或高亮桥的西边，在河边的古柳下，垂钓半日。好热闹的，听戏是好时候，天越热，戏越好，名角儿们都唱双出。夜戏散台差不多已是深夜，凉风儿，从那槐花与荷塘吹过来的凉风儿，会使人精神振起，而感到在戏园受四五点钟的闷气并不冤枉，于是便哼着《四郎探母》什么的高高兴兴地走回家去。天气是热的，而人们可以躲开它。在家里，在公园里，在城外，都可以躲开它。假若愿意远走几步，还可以到西山卧佛寺、碧云寺与静宜园去住几天啊。就是在这小山上，人们碰运气还可以在野茶馆或小饭铺里遇上一位御厨，给做两样皇上喜欢吃的菜或点心。

（选自《四世同堂》，题目为编者所加）

读与思

从初夏的樱桃到后来的梨和枣，从街头巷尾的吆喝声到公园里的纳凉场景，老舍用朴素的文字描绘出一个充满生机与活力的北平。他用幽默的笔调描绘了小贩们的吆喝声，让人仿佛置身于热闹的街市；又用细腻的笔触描写了北平的山水与园林，让人感受到这座古城的宁静与美好。

北平的四季

◎郁达夫

　　北平自入旧历的十月之后，就是灰沙满地、寒风刺骨的季节了，所以北平的冬天，是一般人最怕过的日子。但是要想认识一个地方的特异之处，我以为顶好是当这特异处表现得最圆满的时候去领略；故而夏天去热带，寒天去北极，是我一向所持的哲理。北平的冬天，冷虽则比南方要冷得多，但是北方生活的伟大悠闲，也只有在冬季，才能使人感受得最彻底。

　　先说房屋的防寒装置吧，北方的住房，并不同南方的摩登都市一样，用的是钢骨水泥、冷热气管；一般的北方人家，总只是矮矮的一所四合房，四面是很厚的泥墙；上面花厅内都有一张暖炕，一所回廊；廊子上是一带明窗，窗眼里糊着薄纸，薄纸内又装上风门，另外就没有什么了。在这样简陋的房屋之内，你只需把炉子一生，电灯一点，棉门帘一挂上，在屋里住着，却一辈子总是暖炖炖像是春三四月里的样子。尤其会使你感觉到屋内的温软堪恋的，是屋外、窗外呜呜叫啸的西北风。天色老是灰沉沉的，路上面也老是灰的围障，而从风尘灰土中下车，一踏进屋里，就觉得一团春气，包围在你的左右，使你马上就忘记了屋外的一切寒冬的苦楚。若是喜欢吃吃酒、烧烧羊肉锅的人，那冬天的北方生活，就更加不能够割舍；酒已经是御寒的妙药了，再加上以大蒜与羊肉酱油合煮的香味，简直可以使一室之内，涨满了白蒙蒙的水蒸温气。玻璃窗内，前半夜会流下一条条清汗，后半夜就变成了花色奇异的冰纹。

到了下雪的时候哩，景象当然又要一变。早晨从厚棉被里张开眼来，一室的清光，会使你的眼睛眩晕。在阳光照耀之下，雪也一粒一粒地放起光来了。蛰伏了很久的小鸟，在这时候会飞出来觅食振翎，谈天说地，吱吱地叫个不休。数日来的灰暗天空，愁云一扫，忽然变得澄清见底，翳障全无；于是年轻的北方居民，就可以营屋外的生活了，溜冰、做雪人、赶冰车雪车，就在这一种日子里最有劲儿。

我曾于这一种大雪时晴的傍晚，和几位朋友跨上跛驴，出西直门上骆驼庄过过一夜。北平郊外的一片大雪地，无数枯树林，以及西山隐隐现现的不少白峰头，和时时吹来的几阵雪样的西北风，留给人的印象实在是深刻、伟大，神秘到了不可以用言语来形容。直到十余年后的现在，我一想起当时的情景，还会打一个寒战而吐一口清气，如同在钓鱼台溪旁立着的一瞬间一样。

雪后的故宫

　　北国的冬宵，更是一个特别适合看书、写信、追思过去与作闲谈说废话的绝妙时间。记得当时我们弟兄三人，都住在北京，每到了冬天的晚上，总不远千里地走拢来聚在一道，会谈少年时候在故乡所遇见的事事物物。小孩们上床去了，佣人们也都去睡觉了，我们弟兄三个还会再加一次煤再加一次煤地长谈下去。有几宵因为屋外面风紧天寒之故，到了后半夜的一两点钟的时候，便不约而同地说出索性坐到天亮的话来。像这一种可宝贵的记忆，像这一种最深沉的情调，本来也就是一生中不能够多享受几次的昙花佳境，可是若不是在北平的冬天的夜里，那趣味也一定不会像这般如此悠长。

　　总而言之，北平的冬季，是想赏识赏识北方异味者之唯一的机会；这一季里的好处，这一季里的琐事杂忆，若要详细地写起来，总也有一部《帝京景物略》那么大的书好做；我只记下了一点点自身的经历，就觉得过长了，下面只能再来略写一点春和夏以及秋季的感怀梦境。

　　春与秋，本来是在什么地方都是可爱的时节，但在北平，却与别的地方也有点儿两样。北国的春，来得较迟，所以时间也比较短。西北风停后，积雪渐渐地消了，赶牲口的车夫身上，看不见那件光板老羊皮的大袄的时候，你就得预备着游春的服饰与金钱；因为春来也无信，春去也无踪，眼睛一眨，在北平市内，春光就会同飞马似的溜过。屋内的炉子刚拆去不久，说不定你就马上得去叫盖凉棚的才行。

　　而北方的春天最值得记忆的痕迹，是城厢内外的那一层新绿，同洪水似的新绿。北京城，本来就是一个只见树木不见屋顶的绿色的都会……在日光里颤抖着的嫩绿的波浪，油光光，亮晶晶。

若是神经系统不十分健全的人，骤然间身入这一个淡绿色的海洋涛浪里去一看，包管你要张不开眼，立不住脚，而昏厥过去。
…………

颐和园春天的玉兰花

从地势纬度上来讲，北方的夏天当然要比南方的夏天来得凉爽。在北平城里过夏，实在是没有上北戴河或西山避暑的必要。一天到晚，最热的时候，只有中午到午后三四点钟的几个钟头，晚上太阳一下山，总没有一处不是凉阴阴要穿单衫才能过去的；半夜以后，更是非盖薄棉被不可了。而北平的天然冰的便宜耐久，又是夏天住过北平的人所忘不了的一件恩惠。

我在北平，曾经过过三个夏天；像什刹海、菱角沟、二闸等暑天游耍的地方，当然是都到过的；但是在三伏的当中，不论是白天还是晚上，你只要有一张藤榻，搬到院子里的葡萄架下或藤花阴处去躺着，吃吃冰茶雪藕，听听盲人的鼓词与树上的蝉鸣，也可以感不到一点儿炎热与熏蒸。而夏天最热的时候，在北平顶多不过三十四五摄氏度，这一种大热的天气，全夏顶多不过十日的样子。

在北平，春夏秋的三季，是连成一片的。一年之中，仿佛只有一段寒冷的时期，和一段比较温暖的时期相对立。由春到夏，是短短的一瞬间；自夏到秋，也只觉得是睡了一次午觉，就有点儿凉冷起来了。因此，北方的秋季也觉得特别长，而秋天的回味，也更觉得比别处来得浓厚。前两年，因去北戴河回来，我曾在北平过过一个秋，在那时候，已经写过一篇《故都的秋》，对这北平的秋季颂赞过一遍了，所以在这里不想再重复；可是北平近郊的秋色，实在也正像一册百读不厌的奇书，使你愈翻愈感兴趣。

秋高气爽、风和日晴的早晨，你且骑着一匹驴子，上西山八大处或玉泉山碧云寺去走走看；山上的红柿，远处的烟树人家，郊野里的芦苇黍稷，以及在驴背上驮着生果进城来卖的佃户农家，包管你看一个月也不会看厌。春秋两季，本来是到处都好的，但是北方的秋空，看起来似乎更高一点，北方的空气，吸起来似乎更干燥健全一点。而那一种草木摇落、金风肃杀之感，在北方似乎也更觉得要严肃、凄凉、沉静得多。你若不信，你且去西山脚下，农民的家里或古寺的殿前，自阴历八月至十月下旬，去住三个月看看。古人的"悲哉秋之为气"以及"胡笳互动，牧马悲鸣"的那一种哀感，在南方是不大感觉得到的，但在北平，尤其是在郊外，你真会感至极而涕零，思千里兮命驾。所以我说，北平的秋，才是真正的秋；南方的秋天，只不过是英国话里所说的 Indian Summer（印度的夏天）或叫小春天气而已。

统观北平的四季，每季每节，都有它特别的好处：冬天是室内饮食奄息的时期，秋天是郊外走马调鹰的日子，春天好看新绿，夏天饱受清凉。至于各节各季，正当移换中的一段时间哩，又是另一种情趣，是一种两不相连而又两都相合的中间风味，如雍和宫的打鬼、净业庵的放灯、丰台的看芍药、万牲园的寻梅花之类。

五六百年来文化所聚萃的北平，一年四季无一月不好的北平，我在遥忆，我也在深祝，祝她的平安进展，永久地为我们黄帝子孙所保有的旧都城！

一九三六年五月廿七日

（本文有删改）

读与思

本文的写作特点在于其丰富的感官描写和深刻的情感表达。郁达夫先生不仅捕捉了季节变化中的自然景观特点，带领读者领略了北平春的生机、夏的清凉、秋的丰收和冬的宁静，更通过这些景观反映了人的情感和生活状态。在郁达夫的笔下，北平的四季不再是简单的时间更迭，而是充满了生命力和情感色彩的画卷。对"一年四季无一月不好的北平"，今天的我们又有什么理由不爱呢？

五月的北平

◎张恨水

在一个中等人家，正院子里可能就有一两株槐树，或者是一两株枣树。尤其是城北，枣树逐家都有，这是"早子"的谐音，取一个吉利。在五月里，下过一回雨。槐叶已在院子里连成一片绿荫。白色的洋槐花在绿枝上堆着雪球，太阳照着，非常好看。枣子花是看不见的，淡绿色，和小叶的颜色同样，而且它又极小，只比芝麻大些。可是它那种兰蕙之香，在风停日午的时候，在月明如昼的时候，把满院子都浸润在幽静淡雅的境界。假使这人家有些盆景（必然有），石榴花开着火星样的红点，夹竹桃开着粉红的桃花瓣，在上下皆绿的环境中，这几点红色娇艳绝伦。北平人又爱随地种草本植物的花籽，这时大小花秧全都在院子里拔地而出，一寸到几寸长的不等，全表现出欣欣向荣的样子。北平的屋子，对院子的一方，照例下层是土墙，高二三尺，中层是大玻璃窗，玻璃大得像百货店的货窗，上层才是花格活窗。桌子靠墙，总是在大玻璃窗下。主人若是读书或伏案写字，一望玻璃窗外的绿色，映入眉宇，那实在是含有诗情画意的。而且这样的点缀，并不花费主人什么钱。

北平这个地方，实在适宜绿树的点缀，而绿树能亭亭如盖的，又莫过于槐树。在东西长安街，故宫的黄瓦红墙，配上那一碧千株的槐林，简直就是一幅彩画。在古老的胡同里，四五株高槐，映带着平正的土路、低矮的粉墙。行人很少，在白天就觉得其意幽深，更无论月下了。在宽平的马路上，如南、北池子，如南、北长街，两边槐树整齐划一，连续不断，有三四里之长，远远望去，简直是一条绿街。在古庙门口，红色的墙，半圆的门，几株大槐树在庙外拥立，把低矮的庙整个罩在绿荫下，那情调是肃穆典雅的。在伟大的公署门口，槐树分立在广场两边，好像排列着伟大的仪仗，又加重了几分雄壮之气。太多了，我不能把它一一介绍出来，有人说五月的北平是碧槐的城市，那却是一点没有夸张。

（本文为节选，题目为编者所加）

读与思

张恨水以槐树为线索，描绘了五月北平的自然美景和人文情怀，展示了北平与槐树之间的深厚联系。当我们漫步在如今的北京街头，那些古老的槐树依然挺立，它们如同岁月的守护者，见证着这座城市的变迁与发展。每一片槐叶都仿佛在诉说着过去的故事，每一根槐枝都承载着历史的记忆。

群文探究

1. 准备一本空白的手绘本，为每个季节绘制一页插图。每页可以包含一幅画和一段简短的文字，描绘你对这个季节最深刻的印象。比如，冬天可以是雪人和热腾腾的火锅，夏天可以是游泳池和冰镇西瓜。完成之后，在班级里举行一场小型展览会，并选出"最受欢迎的季节"的印象手绘书。

2. 使用手机或其他录音设备，在不同的季节里录制自然界的声音。比如春天的鸟鸣声、夏天的蝉叫声、秋天的落叶声、冬天的风声。将录制的声音片段整理起来，创建一个"自然之声"音频库。

3. 市花和市树不仅代表着城市的特色，还蕴含着丰富的文化和历史。探索你所在城市的市花和市树，搜集它们的资料，包括它们的种类、特点、花语、树语以及它们与城市之间的联系，它们在城市文化、历史进程和居民生活中扮演了哪些角色，并制作一张精美的小报来展示你的发现。有条件的同学还可以走访当地的公园、街道或植物园，实地观察市花和市树的生长环境和现状，拍摄照片作为小报的素材。

第五章　京范儿与乡风

头戴马聚源，身披瑞蚨祥；

脚踏内联升，腰缠"四大恒"。

　　漫步在公园里，你能感受到北京人独特的慢生活哲学。品茗，遛鸟，拉二胡，展现出一种不急不躁、悠然自得的"京范儿"。穿行在烟火气十足的市井中，无处不在的亲切交谈显露出北京人的质朴热络。北京人以自己独特的方式，让人们感受到这座城市独有的温度和韵味。

⊞ 扫码立领
★ 名师朗读
★ 美文微课
★ 城市印象
★ 老城记忆

拟古诗八首（其三）

◎［南朝］鲍　照

幽并①重骑射，少年好驰逐。

毡带②佩双鞬③，象弧④插雕服⑤。

兽肥春草短，飞鞚⑥越平陆。

朝游雁门上，暮还楼烦宿。

石梁有余劲，惊雀无全目。

汉虏方未和，边城屡翻覆⑦。

留我一白羽，将以分虎竹⑧。

八达岭长城

注释

①幽并：幽州和并州。古代北方边地，以游侠和健儿著称，重视骑射技艺。

②毡带：用毡子制成的腰带。

③佩双鞬：佩戴着两个弓袋，显示装备齐全。

④象弧：用象牙装饰的弓。

⑤雕服：雕饰华丽的箭服。

⑥飞鞚：驱马飞驰。

⑦屡翻覆：指战事频繁，边境城市多次易手。

⑧分虎竹：指分配兵权。虎竹是古代兵符的一种。

读与思

　　在历史的长河中，燕赵之地以慷慨激昂、悲歌壮志的英豪形象闻名。在鲍照的这首诗中，我们仿佛能听到战马的嘶鸣，看到那些少年们挥舞长枪的画面。他们武艺高强，气概豪迈，如同疆场上的烈风。这首诗中的每个字都是对他们英勇形象的赞美，对他们渴望为国家建功立业、保卫边疆的壮志的颂扬。

古 意

◎ [唐] 李 颀

男儿事长征，少小幽燕客。

赌胜马蹄下，由来轻七尺。

杀人莫敢前，须如猬毛磔①。

黄云陇底白云飞，未得报恩不得归。

辽东小妇②年十五，惯弹琵琶解歌舞。

今为羌笛出塞声，使我三军泪如雨。

注释

①须如猬毛磔：胡须像刺猬的毛一样坚硬，形容粗犷勇猛。

②辽东小妇：指边疆地区的年轻妇女。

读与思

　　《古意》如同一幅边塞画卷，徐徐展开在我们眼前。这首诗不仅描绘了边疆男儿的英勇与豪情，更细腻地勾勒出他们内心深处的柔情与哀愁。这首诗让我们感受到，那些在边疆戍守的男儿不仅是铁血战士，更是有着丰富情感和家国情怀的人。

古城春景

◎林徽因

时代把握不住时代自己的烦恼，——
轻率的不满，就不叫它这时代牢骚——
偏又流成愤怨，聚一堆黑色的浓烟
喷出烟囱，那矗立的新观念，在古城楼对面！

怪得这嫩灰色一片，带疑问的春天
要泥黄色风沙，顺着白洋灰街沿，
再低着头去寻觅那已失落了的浪漫
到蓝布棉帘子，万字栏杆，仍上老店铺门槛？

寻去，不必有新奇的新发现，旧有保障
即使古老些，需要翡翠色甘蔗做拐杖
来支撑城墙下小果摊，那红鲜的冰糖葫芦
仍然光耀，串串如同旧珊瑚，还不怕新时代的尘土。

读与思

这首小诗像一幅春日里的京味画卷，既有古城的厚重，又有生活的烟火气。古老的城墙、蓝布棉帘的老店铺，还有那红鲜的冰糖葫芦，透着浓浓的“京范儿”。而新时代的烟囱、白洋灰街沿，又带来了现代的影子。这是一场传统与现代的对话，也是古老与新潮的碰撞。诗里的春天，带着沙尘，却也藏着浪漫，仿佛在告诉我们：无论时代如何变迁，那些质朴的生活底色永远不会褪去。

京范儿是什么

◎崔岱远

对于平地盖起来的文化古城而言，祖宗留下的建筑就是它的气脉。北京最重要，也是最独特的建筑群落当然是紫禁城了。然而，六百多年来，它从来不是孤零零地立在那里。它和胡同与四合院构成了一个不可分割的整体，就像一个人的头颅与胳膊腿的关系；它影响着皇城子民生活的细枝末节，让京城里无处不显现出宫廷的影子。不是吗？象征北京文化的京戏是从宫里兴盛起来的；代表民俗的天桥撂跤是从宫里传出来的；精巧的烟壶是在宫里诞生的；就连最接地气的卤煮也是从宫里的苏造肉演变过来的。不是吗？生活在红墙碧瓦周围的人们简单、自然，流露着真情，像一首纳兰性德的词。他们成就不了大的功名，却永远彬彬有礼，永远精致细腻，永远成人之美，也永远带着些天子脚下特有的自尊。

....

玩儿，是人的天性。完全出于兴趣的玩儿，最能反映出人性的本真。北京人喜欢玩儿，善于在各种各样的玩儿中找乐和。不仅玩儿得精细，玩儿得从容，玩儿得优雅，还玩儿得非常勤奋，非常讲规矩，以至于无论玩儿什么都非得玩儿到极致不可。您没见那些遛早儿的人，每天早起必得按照固定的时间，沿着固定的线路，手里把玩着固定的器物——那才叫遛早儿，和您饭后的散步完全是两码事。而玩儿花鸟鱼虫、琴棋书画简直就是一门很深的学问。北京人特有的派头和神采，也正是在这些专心致志的玩儿中慢慢滋长出来的。北京人玩儿得上瘾，实际上这也正是一种"隐"——"大隐隐于市"的"隐"。在这块翻云覆雨、风口浪尖的土地上要想活得安稳，玩儿，有时是最没办法的办法。

地道的京范儿到底是什么？一两句话我还真说不清。很多人心目中的那种风格、那种气质、那种神采大概形成于清末到民国这段时间里，然后一直延续到20世纪80年代初。那时候，人们还到副食店去打芝麻酱，家里煤球炉子上的水壶还"呱啦呱啦"地响着；那时候登上钟楼，还能看到结构清晰的胡同群落，筒子河畔还能听到清亮透彻的胡琴声。如今，那种生活方式已经基本消失，那些胡同和四合院大多拆了，唯有北京人嘴边儿的京腔京韵还在……

（选自《京范儿》）

读与思

北京人爱"玩儿"，"玩儿"里折射着他们"隐于市"的处世态度和对生活认认真真的爱：天桥的撂跤、把式，茶馆的京腔京韵，潘家园和琉璃厂的"玩意儿"、字画，官园的花鸟鱼虫，无不透露着细腻精致、自得其乐的情趣。俗话说"一方水土养一方人"。你家乡的地理、历史、社会环境是什么样子的？它们共同雕刻出了家乡人什么样的性格品质？

茶馆（节选）

◎老　舍

〔秦仲义穿得很讲究，满面春风地走进来。

王利发：哎哟！秦二爷，您怎么这样闲在，会想起下茶馆来了？也没带个底下人？

…………

秦仲义：小王，这儿的房租是不是得往上提那么一提呢？当年你爸爸给我的那点租钱，还不够我喝茶用的呢！

王利发：二爷，您说得对，太对了！可是，这点小事用不着您分心。您派管事的来一趟，我跟他商量。该涨多少租钱，我一定照办！是！嘛！

秦仲义：你这小子，比你爸爸还滑！哼，等着吧，早晚我把房子收回去！

王利发：你甭吓唬着我玩。我知道您多么照应我、心疼我，决不会叫我挑着大茶壶，到街上卖热茶去！

秦仲义：你等着瞧吧！

〔乡妇拉着个十来岁的小妞进来。小妞的头上插着一根草标。李三本想不许她们往前走，可是心中一难过，没管。她们俩慢慢地往里走。茶客们忽然都停止说笑，看着她们。

小　妞：（走到屋子中间，立住）妈，我饿！我饿！

〔乡妇呆视着小妞，忽然腿一软，坐在地上，掩面低泣。

秦仲义：（对王利发）轰出去！

王利发：是！出去吧，这里坐不住！

乡　妇：哪位行行好，要这个孩子？二两银子！

常四爷：李三，要两个烂肉面，带她们到门外吃去！

李　三：是啦！（过去对乡妇）起来，门口等着去，我给你们端面来！

乡　妇：（立起，抹泪往外走，好像忘了孩子；走了两步，又转回身来，搂住小妞吻她）宝贝！宝贝！

王利发：快着点吧！

　　　　〔乡妇、小妞走出去。李三随后端出两碗面去。

王利发：（过来）常四爷，您是积德行好，赏给她们面吃！可是，我告诉您：这路事儿太多了，太多了！谁也管不了！（对秦仲义）二爷，您看我说得对不对？

常四爷：（对松二爷）二爷，我看哪，大清国要完！

秦仲义：（老气横秋地）完不完，并不在乎有人给穷人们一碗面吃没有。小王，说真的，我真想收回这里的房子！

王利发：您别那么办哪，二爷！

秦仲义：我不但收回房子，而且把乡下的地、城里的买卖也都卖了！

王利发：那为什么呢？

秦仲义：把本钱拢在一块儿，开工厂！

王利发：开工厂？

秦仲义：嗯，顶大顶大的工厂！那才救得了穷人，那才能抵制外货，那才能救国！（对王利发说而眼看着常四爷）唉，我跟你说这些干什么，你不懂！

王利发：您就专为别人，把财产都出手，不顾自己了吗？

秦仲义：你不懂！只有那么办，国家才能富强！好啦，我该走啦。
我亲眼看见了，你的生意不错，你甭再耍无赖，不涨房钱！

王利发：您等等，我给您叫车去！

秦仲义：用不着，我愿意溜达溜达！

〔秦仲义往外走，王利发送。

…………

常四爷：嗻！走吧！

〔二灰衣人——宋恩子和吴祥子走过来。

宋恩子：等等！

常四爷：怎么啦？

宋恩子：刚才你说"大清国要完"？

常四爷：我，我爱大清国，怕它完了！

吴祥子：（对松二爷）你听见了？他是这么说的吗？

松二爷：哥儿们，我们天天在这儿喝茶。王掌柜知道：我们都是
地道的老好人！

吴祥子：问你听见了没有！

松二爷：那，有话好说，二位请坐！

宋恩子：你不说，连你也锁了走！他说"大清国要完"，就是跟
谭嗣同一党！

松二爷：我，我听见了，他是说……

宋恩子：（对常四爷）走！

常四爷：上哪儿？事情要交代明白了啊！

宋恩子：你还想拒捕吗？我这儿可带着"王法"呢！（掏出腰中
带着的铁链子）

常四爷：告诉你们，我可是旗人！

吴祥子：旗人当汉奸，罪加一等！锁上他！

常四爷：甭锁，我跑不了！

宋恩子：量你也跑不了！（对松二爷）你也走一趟，到堂上实话实说，没你的事！

读与思

　　老舍先生的《茶馆》是一幅生动的京味画卷，而人物的语言是这幅画卷的灵魂。秦仲义的"老气横秋"，王利发的"圆滑世故"，常四爷的"耿直豪爽"，这些性格都通过他们的语言跃然纸上。秦仲义的"开工厂救国"是时代的觉醒，常四爷的"大清国要完"是底层的无奈，而王利发的"您说得对，太对了！"则是小人物的生存智慧。乡妇卖女的场景更是将语言的力量发挥到极致。常四爷的"要两个烂肉面"和乡妇的"哪位行行好"，简简单单的几句话，却勾勒出时代的悲凉与人性的温暖。老舍用京味儿的语言，将小人物的喜怒哀乐和时代的风云变幻巧妙地编织在一起。

天坛和"杂合院"

◎郑振铎

先农坛和天坛也是极宏伟的建筑。天坛的工程尤为浩大而艰巨，全是圆形的；一层层的白石栏杆，白石阶级，无数的参天的大柏树，包围着一座圆形的祭天的圣坛。坛殿的建筑是圆的，四周的阶级和栏杆也都是圆的。这和三大殿的方整，恰好成一最有趣的对照。在这里，在大树林下徘徊着，你也便被勾引起难堪的怀古的情绪。

这些，都只是游览的经历。你如果要在北平多住些时候，便要更深刻地领略北平的生活了。那生活舒适、缓慢、吟味、享受，却绝对不紧张。你见过一串骆驼走过吗？安稳、和平，一步步地

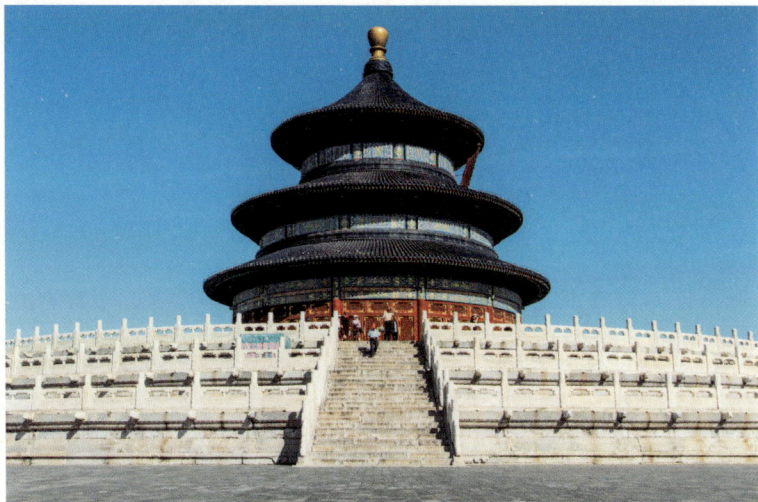

天坛

随着一声声叮当叮当的大颈铃向前走；不匆忙，不停顿。那些大动物的眼里，表现的是那么和平而宽容、负重而忍辱的性情。这便是北平生活的象征。

和这些宏伟的建筑、舒适的生活相对照的，你不要忘记，还有地下的黑暗的生活呢。你如果有一个机会，走进一所"杂合院"里，你便可见到十几家老少男女紧挤在一小院落里住着的情形：孩子们在泥地上爬；妇女们脸多菜色，终日含怒抱怨着；不时还有咳嗽的声音从屋里传出。空气恶劣极了。这些"杂合院"便是劳工、车夫们的居处。有人说，北平生活舒服，第一件是因为房屋宽敞，院落深沉，多得阳光和空气。但那是中产以上的人物的话。百分之八九十以上的人口，是住在龌龊的"杂合院"里的，你得明白。

（选自《北平》，题目为编者所加）

读与思

郑振铎在文中前半部分描绘了天坛的宏伟与北平生活的舒适，展现了浓厚的"京范儿"。然而，与此形成鲜明对比的是旧时代"杂合院"里底层人民的生活。那些挤在狭小院落里的家庭，孩子们在泥地上爬，妇女们脸色菜黄，老人在屋里咳嗽，这些场景展现了底层人民生活的艰辛。这种对比，让我们看到北平不仅有辉煌的建筑和悠闲的生活，还有被忽视的隐痛。

群文探究

1. 带上你的好奇心，再次踏上胡同、四合院的石板路，将自己融入北京市民最生动、最真实的生活中去。请围绕本章主题"京范儿与乡风"，选择你最渴望了解的话题，设计一份采访提纲。

采访提纲

一、我感兴趣的话题：

二、我打算用下面的问题来打开话匣子，展开聊天：

三、围绕采访话题，罗列出我感兴趣的问题：

四、我的发现和感受：

2. 要了解老北京的文化底蕴，孔庙和国子监不容错过。这两处坐落在安定门内国子监街的老建筑相邻而建。孔庙是元、明、清三代皇家祭祀孔子的专祠，国子监是明清时期中国的最高学府。在这里你可以效仿古人，穿上汉服，参加隆重的"开笔礼""释菜礼"，亲身体验中华文化的独特魅力。快来设计、制作旅行卡片，用照片、文字来记录这次难忘的体验吧。

孔庙、国子监旅行卡

一、我拍摄的照片：

二、我的发现和感受：

第六章　京腔京韵

蓝脸的窦尔敦盗御马，红脸的关公战长沙。

　　等到夜幕降临、华灯初上，剧院里京剧、京韵大鼓的唱腔或婉转低回，或豪迈清越，像一条纽带，沟通了古往今来的悲欢离合，诠释着古城的精神内核。当然，在许多老北京人的心底，曾经飘荡在大街小巷的叫卖声也是这个城市永不消散的回忆……

扫码立领
★ 名师朗读
★ 美文微课
★ 城市印象
★ 老城记忆

烛影摇红·听梨园太监陈进朝弹琴

◎［清］顾　春

雪意沉沉，北风冷触庭前竹。白头阿监抱琴来，未语眉先蹙。弹遍瑶池旧曲，韵泠泠、水流云瀑。人间天上，四十年来，伤心惨目。

尚记当初，梨园无数名花簇。笙歌缥缈碧云间，享尽神仙福。太息而今老仆，受君恩、沾些微禄。不堪回首，暮景萧条，穷途歌哭。

读与思

全词语言流畅，没有刻意的雕琢和华丽的辞藻，却能通过细腻的描写和真挚的情感，把一位白头太监的今昔对比、人世沧桑展现地入木三分。"韵泠泠、水流云瀑"一句，形容陈进朝的技艺高超，其弹奏的音乐如瑶池仙乐，美妙动听。词人借听陈进朝弹琴，抚今追昔，想到自己的身世，尤觉悲凉凄楚。

金箍棒

金箍棒，银箍棒，

爷爷打鼓奶奶唱，

一唱唱到大天亮，

养活了孩子没处放，

一放放到锅台上，

滋儿滋儿地喝米汤。

"小子小子少喝点儿，

留点给你爸爸浆布衫儿。"

读与思

这首歌谣以轻快的韵脚描摹了一个老北京曲艺家庭的生活。"金箍棒"的循环节奏暗合鼓点，突出曲艺演员的辛勤表演；"滋儿滋儿"的拟声词，生动地表现了孩童的贪食之态；末句奶奶的嗔怪叮嘱，侧面表现了家庭生活的贫穷。一家人虽然生活艰辛，但不辞辛苦、相互扶持，仍然感到血脉相牵的暖意。

台上、台下

◎林海音

礼拜六的下午，我常常被大人带到城南游艺园去。门票只要两毛（我是挤在大人的腋下进去的，不要票）。进去就可以有无数的玩处，唱京戏的大戏场，当然是最主要的，可是那里的文明戏，也一样使我感兴趣，小鸣钟、张笑影的《锅碗丁》《春阿氏》，都是我喜爱看的戏。

文明戏场的对面，仿佛就是魔术场，看着穿燕尾服的变戏法儿的，随着音乐的旋律走着一颠一跳前进后退的特殊台步，一面从空空的大礼帽中掏出那么多东西：花手绢、万国旗、面包、活兔子、金鱼缸。这时乐声大奏，掌声四起，我小小的心灵只感到无限的愉悦！这让我觉得世界真可爱，无中生有的东西这么多！

我从小就是一个喜欢找新鲜刺激的孩子，喜欢在平凡的事物中给自己找一些思想的娱乐，所以在那样大的一个城南游艺园里，不光是听听戏，社会众生相也都可以在这方天地里看到：美丽、享受、欺骗、势利、罪恶……但是在一个无忧无虑的小女孩的观感中，她又能体会到什么呢？

有些事物，在我的记忆中，清晰得如在目前。在大戏场的木板屏风后面的角落里，茶房正从一大盆滚烫的开水里，拧起一大把毛巾，送到客座上来。当戏台上是不重要的过场时，茶房便要表演"扔手巾把儿"的绝技了。楼下的茶房，站在观众群中惹人注目的地方，把一大捆热手巾，忽一下子，扔给楼上的茶房，或者是由后座扔到前座去，客人擦过脸收集了再扔下来，扔回去。这样扔来扔去，万无一失，也能博得满堂喝彩，观众中会冒出一嗓子："好手巾把儿！"

但是观众与茶房之间的纠纷，恐怕每天每场都不可避免，而且也真乱哄哄的。当那位女茶房硬要把果碟摆上来，而我们硬不要的时候，真是一场无谓的争执。茶房看见客人带了小孩子，更不肯把果碟拿走了。可不是，我轻轻地，偷偷地，把一颗糖花生放进嘴里吃了，再来一颗，再来一颗，再来一颗，等到大人发现时，去了大半碟儿了，这时不买也得买了。

茶，在这种场合里也很要紧。要了一壶茶的大老爷，可神气了，总得发发威风，茶壶盖儿敲得呱呱作响，为的是茶房来迟了，大爷没热茶喝，回头怎么捧角儿喊好儿呢！包厢里的老爷们发起脾气来更有劲儿，他们把茶壶扔飞出去，茶房还得过来赔不是。那时的社会，卑贱与尊贵，有着强烈的对比。

在那样的环境里：台上锣鼓喧天，上场门和下场门都站满了不相干的人，饮场的，检场的，打煤气灯的，换广告的，在演员中穿来穿去；台下则是烟雾弥漫，扔手巾把儿的，要茶钱的，卖玉兰花的，飞茶壶的，大声叫好的，呼儿唤女的，乱成一片。我却在这乱哄哄的场面下，悠然自得。我觉得在我的周围，是这么热闹，这么自由自在。

（选自《北平漫笔》）

读与思

　　老北京人爱听戏，泡在戏园子里听戏是京城男女老少最流行的休闲社交方式。对他们而言，得闲时呼朋唤友来戏园喝茶，听着悠扬的唱腔，在欢腾熙攘的戏园子里陶醉，那份松弛惬意真是无与伦比。老北京的戏园子，也就成了熙熙攘攘的交际场。你看那戏台上演绎着王侯将相、英雄美人的精彩传奇，戏台下又何尝不是一场三教九流、众生百态的生动大戏？老北京人的日子就在这"咚咚呛呛"中有滋有味儿、热闹从容地过着。在你的家乡，人们喜欢在哪些场所休闲社交？在那里，你又看到了一幅怎样的市井画卷？

看京剧

◎徐城北

吃完饭，全家就下楼出了大门，一拐弯就进了一个不大的戏园子。那儿没楼，池子（楼下正中的座位）也就坐七八百人，基本满座了。我只记得这戏园子与前门大街平行，后来我得知它的名字叫"中和"。虽说不大，可也算是京剧史上一家很重要的戏园子。

演出的锣鼓太响，整个晚上都是武打戏，每每打过一个段落，才腾出空儿来或说或唱。有时打得还很激烈，演员跟演员站得很近，有时刀枪几乎能碰到对方的眼睛和鼻子。可越是这样，观众就越觉得过瘾，就拼命鼓掌喊好儿。那个叫某某某的大名角，他总是玩儿着打，把很多武器要成了玩具一般。武器从不会掉落在地上，仿佛演员有一种吸引对方武器的本事，总能把它们粘在手中。演出中有不少很像和尚的演员，他们表演如来佛身边的十八罗汉。每个罗汉都各有武器。他们的武器本来是很厉害的，常常能置对方于"死地"。可这个大名角比罗汉还厉害，三下两下就把对方的武器夺到自己手里，然后又像要个小玩意儿般玩弄起来。他与那些失去武器的罗汉战斗，但从不把对方"弄死"，只是把对方搞得很尴尬、很好笑。观众纷纷鼓掌，为这大名角喊好，他也微笑着向观众点头示意。我发现别的演员精神集中，仿佛全部精力都在戏里，唯独他洒脱，忽而戏里，忽而戏外，仿佛在做游戏一般。我看了很久，终于发现大名角演的不是普通人，而是一只神鸟。严格地说，他是如来佛身边的一只神鸟，名字叫大鹏金翅（鸟）。他本来应该全力保卫如来佛的安全，但不知怎么动了凡心，惹得如来很不高兴，才派出"嫡系部队"十八罗汉去捉拿他。可这鸟实在厉害，最后如来不得不亲自动手——在戏接近结束时，如来借助无边法力，从天上降下一张大网，恰好落到毫无准备的大鹏鸟身上。这大名角在网子里一再挣扎，搓手顿足也无法挣脱，全部的戏也就在这儿结束。

　　如来端坐在舞台后部的一个高台上哈哈大笑，他的统治秩序再没有人敢挑战。但大鹏鸟在台口搓手顿足的挣扎很让人同情。后来当我渐渐长大之后，大人告诉我这晚的大名角叫李万春。尽管后来我进入梨园之后，尽管中年的我才认识了晚年的"李老万"（他的绰号），但我从来都没告诉他——我进戏的第一笔，是从他而起的。

（选自《城北说戏》，题目为编者所加）

读与思

　　徐城北回忆了幼时第一次欣赏京剧名角表演的难忘体验。在那如梦似幻的戏台上，有璀璨夺目的戏服、独具韵味的唱腔、铿锵悠扬的金鼓弦乐、似有魔力的打斗、炉火纯青的表演。对一个孩子而言，京剧是那样新奇，那样惊艳。哪怕只是个对剧情一知半解的孩子，也会被台上的故事打动。

群文探究

1. "蓝脸的窦尔敦盗御马,红脸的关公战长沙,黄脸的典韦,白脸的曹操,黑脸的张飞叫喳喳……紫色的天王托宝塔,绿色的魔鬼斗夜叉,金色的猴王,银色的妖怪,灰色的精灵笑哈哈……"《说唱脸谱》是一首脍炙人口的京剧歌曲,描绘出京剧脸谱艺术的绚丽多彩。一张张脸谱其实是一幅幅微型的画作,那色彩斑斓的油彩、圆转流畅的纹路不仅是为了好看,还象征着角色的性格和身份。红色象征忠诚英勇,黑色代表刚正无私,黄色象征暴躁、勇猛,蓝色表示刚强、阴险,至于白色呀,常常代表诡计多端、心机深沉。看看下面的脸谱,结合人物的故事,说说这些脸谱的设计理由。然后自己动手,为某个历史人物设计一个脸谱吧!

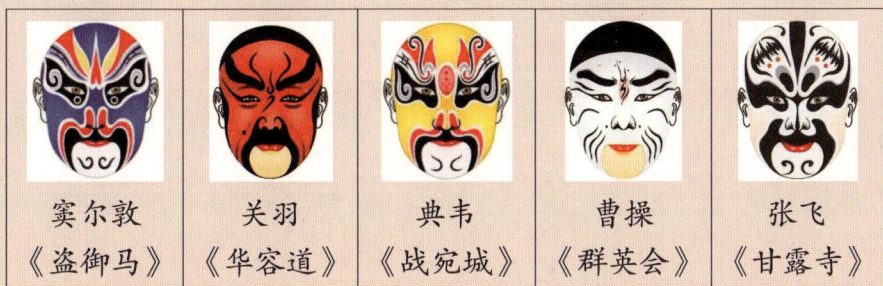

窦尔敦 《盗御马》	关羽 《华容道》	典韦 《战宛城》	曹操 《群英会》	张飞 《甘露寺》

2. 每座城市都有自己独特的腔调与韵味。探索京城的韵味，怎么能错过那些被时间雕琢的文化瑰宝呢？中国工艺美术馆、北京戏曲博物馆、北京古代建筑博物馆、中国景泰蓝艺术博物馆、北京空竹博物馆……这些安静地坐落在城市一隅的"非遗博物馆"，每一个都承载着厚重的历史记忆和独特的文化基因。选择你感兴趣的博物馆，来一次沉浸式探访和体验吧。记得拍一些照片，与家人或朋友分享你的发现和感想。

一、我拍摄的照片：

二、我的发现和感受：

第七章　老北京的吃文化

都说冰糖葫芦儿酸，酸里面它裹着甜。

　　舌尖上的煎炒烹炸、酸甜苦辣从来都不只是味蕾的享受，更是情感的寄托。可以说，"吃"与人们的性格之间存在着千丝万缕的联系。"吃"就是一座城市最接地气的窗口，是最鲜活、最生动的地方"史诗"。让我们一起寻味北京，透过舌尖百味，了解北京人的精神世界吧。

扫码立领

★ 名师朗读
★ 美文微课
★ 城市印象
★ 老城记忆

都门竹枝词四首（其一）

◎［清］郝懿行

底须^①曲水引流觞（shāng），暑到燕山^②自解凉。
铜碗^③声声街里唤，一瓯^④冰水和梅汤。

注释

①底须：何必，何须。
②燕山：北京地区的山脉，这里泛指北京。
③铜碗：卖酸梅汤的小贩所用的铜质器具。
④瓯：小碗或小盂。

读与思

这是一首捕捉了北京夏日韵味的诗作。在清代的北京，夏日的热浪似乎也抵挡不住这座城市独有的风情。让我们随着这首诗，一起走进那个没有空调的时代，感受古人是如何用自然馈赠来抵御酷暑的。

渔家傲·秋感

◎［清］曹贞吉

　　燕市秋来风色改。山围碧玉清凉界。屈指津门多紫蟹，街头卖。天生左手持螯在。

　　不信浊醪（láo）浇磊块。醉乡更比人间隘。月落屋梁憎老态，浑无赖。虫声四壁愁如海。

读与思

　　诗人以简洁的开篇，带我们领略了北京秋天的风姿。我们仿佛能看到树叶渐黄、天高云淡的景色。"山围碧玉清凉界"则如同一幅画卷，展现了群山环绕下的京城，给人以清新脱俗之感。"屈指津门多紫蟹，街头卖"，这两句词让我们仿佛听到了街头小贩的叫卖声。紫蟹的肥美与秋天的丰收相映成趣，增添了一抹生动的色彩。这些充满生活气息的诗句，为我们展现了北京秋天特有的民俗风情。

北京名吃古诗一组

◎ ［清］杨静亭

都门杂咏·鸡面

面如白银细若丝，煮来鸡汁味偏滋。
酒家惟趁清晨卖，枵腹人应快朵颐。

都门杂咏·馄饨

包得馄饨味胜常，馅融春韭嚼来香。
汤清润吻休嫌淡，咽后方知滋味长。

馄饨

都门杂咏·烤牛肉

严冬烤肉味堪饕（tāo），大酒缸前围一遭。
火炙最宜生啫嫩，雪天争得醉烧刀。

都门杂咏·烧羊肉

喂羊肥嫩数京中，酱用清汤色煮红。
日午烧来焦且烂，喜无膻味腻喉咙。

读与思

这组古诗就像一场穿越时空的美食盛宴，把老北京的吃文化写得活色生香。杨静亭笔下的鸡面，细如银丝，煮在鸡汁里，鲜香扑鼻；馄饨馅嫩汤清，一口下去，满嘴留香；烤牛肉在寒冬里滋滋作响，香气四溢，让人忍不住想喝上一口烧刀子酒；外焦里嫩的烧羊肉没有丝毫膻味，直入喉咙，令人回味无穷。这些诗不仅写出了食物的美味，更写出了老北京人对美食的喜爱。每一首诗都是一道菜，每一首诗都是一段故事，让人垂涎三尺的同时，也感受到了老北京的人情味。

北京烤鸭

◎王 丹

　　焖炉法顾名思义，一般使用带有门的地炉，炉身以砖砌就。焖烤前将秫秸等燃料放到烤炉内点燃，待炉内达到一定温度后即可把火灭掉，然后把鸭胚放入炉中，关上炉门，全凭炉内的炭火和烧得火热的炉壁将鸭子烤熟。焖炉烤鸭掌握火候是关键，技术性极强。自始至终，鸭子未见明火，受热均匀，油脂水分消耗少，外皮油亮酥脆，口味鲜美。

　　挂炉法则用拱形的炉口，与焖炉法最大的不同便在于烤炉没有炉门，将处理好的鸭子挂在炉子内的铁钩上，下方用枣木、梨木等果木烧火，利用炉壁的反射热作用将鸭子烤熟。烤制中，先烤右鸭身，依次烤左鸭身、脊部，最后烤鸭脯。待鸭皮呈枣红色时，将鸭用杆挑起，燎烤裆部，使鸭浑身颜色均匀，45分钟后烤熟。这时，用鸭杆挑起鸭钩，使鸭背部向火，后手往后抽杆，前手左扭用力一拉，凭惯性荡平鸭身，悠出炉门，以避免明火烧焦。采用挂炉法烤出来的鸭子，枣红酥脆，汁香四溢，果木特有的香气渐渐渗入鸭肉内部，吃起来有一种恰到好处的清甜。

　　相比于焖炉法与挂炉法，叉烧法对今天的北京人而言实在是陌生了。这种制作烤鸭的方法，与叉烧肉的制作方法十分相似，不过因为生产效率低，已经逐渐被淘汰了。现如今想品尝一只用叉烧法制作出来的烤鸭，已经很难实现了。

　　现在，北京烤鸭的烤制方法几乎呈现出挂炉法一家独大的局

北京烤鸭

面。其中当然有历史演进中的自然选择，但无论如何，还是让生活在今天的我们难免产生一丝遗憾。

　　鸭子出炉之后最先要做什么？答案当然是片鸭子。鸭子经过千辛万苦终于烤好，厨师们自然想让顾客们品尝到极致的美味。因此，为了保证入口的温度与口感，师傅们要在鸭脯凹塌前及时片肉装盘，这意味着要在5分钟内片出90片至120片，这场与时间的赛跑考验的自然是师傅们的刀工。片鸭的讲究之处在于，首先要趁热片鸭皮，这样方可保证鸭皮的酥脆，然后才片鸭肉，且片片都要有皮带肉，薄而不碎，大小均匀如丁香叶。另外，鸭颈后面的两条瘦肉片下来后，要放在最上面供客人品尝。因此，摆在客人面前仍冒着热气的烤鸭背后，是厨师们每一次速度竞争的胜利。

　　鸭肉虽好，可吃多了终究会腻。因此，佐料和佐食的用处就体现出来了。吃烤鸭的佐料有讲究。第一种吃法据说是由大宅门里的太太小姐们兴起的。她们既不吃葱，也不吃蒜，却喜欢将那又酥又脆的鸭皮，蘸了细细的白糖来吃。以后，全聚德跑堂的一见到女客来了，便跟着烤鸭上一小碟白糖。第二种吃法：甜面酱加葱条，可配黄瓜条、萝卜条。用筷子挑一点甜面酱，抹在荷叶饼上，放几片烤鸭盖在上面，再放上几根葱条、黄瓜条或萝卜条，将荷叶饼卷起，真是好吃无比。第三种吃法：蒜泥加甜面酱，也可配萝卜条等，再用荷叶饼卷食鸭肉。蒜泥可以解油腻，将片好的烤鸭蘸着蒜泥、甜面酱吃，在鲜香中更增添了一丝辣意，风味更为独特。无论顾客口味如何，几乎都可以在这三种搭配之中找到最适宜自己的搭配。据说，当年全聚德创始人杨寿山，见到有的王公贵族吃完宴席，用发面荷叶饼抹完嘴上的油腻后扔掉，很是愤慨，从此立下规矩：全聚德不做发面主食。用荷叶薄饼或空心芝麻烧饼，配上香醇浓郁的鸭肉，再抹上精心配好的佐料，卷起来吃。烤鸭不能剁成小块或撕碎了吃。不管是谁，吃烤鸭都得

北京烤鸭

自己动手。吃完后再来上一碗鸭架子汤，以菜中和，以汤解腻，这种由内而外的舒畅感实在令人无法抗拒。

（节选自《京菜头牌——北京烤鸭》，题目为编者所加）

读与思

　　北京烤鸭是北京享誉世界的美食名片，2008 年还入选了国家级非物质文化遗产名录。有人编俏皮话说："不到长城非好汉，不吃烤鸭真遗憾。"你看，能把烤鸭和长城并列在一起，这烤鸭的魅力可见一斑。虽然北京烤鸭看着不像南方菜式那样精致，但其功夫和讲究都在看不见的地方。地道的北京烤鸭，从原料选择到鸭子的饲养方法，从烤制技法到片鸭刀法，从食用季节到食用方式，讲究可大了。来吃一顿正宗的北京烤鸭吧，准保让你享受一场视觉、嗅觉、味觉的多重盛宴。

秋的气味

◎林海音

秋天来了，我很自然地想起那条街——西单牌楼。

无论从哪个方向来，到了西单牌楼，秋天，黄昏，先闻见的是街上的气味。炒栗子的香味弥漫在繁密的行人中，赶快朝那熟悉的地方看去，和兰号的伙计正在门前炒栗子。和兰号是卖西点的，炒栗子也并不出名，但是因为它在街的转角上，最是扎眼，就不由得就近去买。

来一斤吧！热栗子刚炒出来，要等一等，倒在箩中筛去裹糖汁的砂子。在等待秤包的时候，另有一种清香的味儿从身边飘过，原来眼前街角摆的几个水果摊子上，枣、葡萄、海棠、柿子、梨、石榴……全都上市了。香味多半是梨和葡萄散发出来的。沙营的葡萄，黄而透明，一搣两截，水都不流，所以有"冰糖包"的外号。

炒栗子

京白梨，细而嫩，一点儿渣儿都没有。"鸭儿广"柔软得赛豆腐。枣是最普通的水果，郎家园是最出名的产地，于是无枣不郎家园了。老虎眼、葫芦枣、酸枣，各有各的形状和味道。"喝了蜜的柿子"要等到冬季。秋天上市的是青皮的脆柿子，脆柿子要高桩儿的才更甜。海棠红着半个脸，石榴笑得露出一排粉红色的牙齿。这些都是秋之果。

抱着一包热果子和一些水果，从西单向宣武门走去，想着回到家里在窗前的方桌上，就着暮色中的一点光亮，家人围坐在一起剥食这些好吃的东西的快乐，我的脚步不由得加快了。身后响起了电车声，五路车快到宣武门终点了。过了绒线胡同，空气中又传来了烤肉的香味，是安儿胡同口儿上，那间低矮狭窄的烤肉宛上人了。

矮而胖的老五，在案子上切牛羊肉；他的哥哥老大，在门口招呼座儿；他的两个身体健康、眼睛明亮的儿子，在一旁帮着和学习着剔肉和切肉的技术。炙子上烟雾弥漫，使原来就不明亮的灯更暗了些，但是在这间低矮的、弥漫着烟雾的小屋里，却另有一股温暖而亲切的感觉，使人很想进去，站在炙子边举起那两根大筷子。

老五和老大是公平的，所以给人格外亲切的感觉。这原来只是一间包子铺，供卖附近居民和路过的劳动者一些羊肉包子。渐渐地，烤肉出了名，但老五和老大并不因此改变对主顾的态度。比如说，他们只有两个炙子，总共也不过能围上一二十人，但是一到黄昏，一批批客人来了，坐也没地方坐，一时也轮不上吃，他们会告诉客人，再等二十几位，或者三十几位，那么客人就会到西单牌楼去绕个弯儿，再回来就差不多了。没有登记簿，他们却丝毫不差地记住了前后来到的次序。没有争先，也不可能插队，一切听凭老五和老大的安排。他们并没有因为来客是坐汽车的或是拉洋车的，而有什么区别，这就是他们的公平和亲切。

一边手里切肉一边嘴里算账，是老五的本事，也是艺术。一碗肉、一碟葱、一条黄瓜，他都一一唱着钱数加上去，没有虚报，价钱公道。在那里，虽然房子狭小，却吃得舒服。老五的笑容并不多，但他给你的是诚朴的感觉，在那儿不会有吃得惹气这种事发生。

秋天在北方的故都，足以代表季节变换的气味的，就是牛羊肉的膻和炒栗子的香了！

（选自《北平漫笔》，本文有删改）

读与思

有时候，我们对一个地方、一段岁月的回忆总是与气味联系在一起。对于远离故土的林海音来说，对故乡秋天的回忆仿佛总弥漫着丝丝缕缕的香气。从炒栗子的甘香到各种水果的清香，再到烤肉的香味，它们总能在不经意间勾起林海音对故乡北京的回忆。当我们读懂了秋的气味背后是作者挥之不去的乡愁后，再去感受秋天，便会有更加深刻的体会。原来，感受一个季节，不仅要品尝它的味道，更要体会它的情感。

中秋前后

◎老 舍

中秋前后是北平最美丽的时候。天气正好不冷不热，昼夜的长短也划分得平均。没有冬季从蒙古吹来的黄风，也没有伏天里夹着冰雹的暴雨。天那么高，那么蓝，那么亮，好像含着笑告诉北平的人们：在这些天里，大自然是不会给你们什么威胁与损害的。西山和北山的蓝色都加深了一些，每天傍晚还会披上各色的霞帔。

在太平年月，街上的高摊、地摊和水果店里，都陈列出只有北平人才能一一叫出名字来的水果。各种各样的葡萄，各种各样的梨，各种各样的苹果，已经叫人够看够闻够吃的了，偏偏又加上那些又好看好闻好吃的北平特有的葫芦形的大枣，清香甜脆的小白梨，像花红那样大的白海棠，还有只供闻香儿的海棠木瓜，通体有金星的香槟子，再配上为拜月用的贴着金纸条的枕形西瓜与黄的红的鸡冠花，可就使人顾不得只去享口福，而是已经辨不清哪一种香味更好闻，哪一种颜色更好看，微微地有些醉意了！

那些水果，无论是在店里或摊子上，又都摆列得那么好看，果皮上的白霜一点也没蹭掉，而都被摆成放着香气的立体的图案画，使人感到那些果贩都是艺术家，他们会使美的东西变得更美一些。况且，他们还会唱呢！他们精心地把摊子摆好，而后用清脆的嗓音唱出有腔调的"果赞"："唉——一毛钱儿来耶，你就挑一堆我的小白梨儿，皮儿又嫩，水儿又甜，没有一个虫眼儿，

炒栗子

我的小嫩白梨儿耶！"歌声在香气中颤动，使人们放慢脚步，听着看着嗅着北平之秋的美丽。

同时，良乡的肥大的栗子，裹着细砂与糖蜜在路旁唰啦唰啦地炒着，连锅下的柴烟也是香的。"大酒缸"门外，雪白的葱白正拌炒着肥嫩的羊肉；一碗酒，四两肉，有两三毛钱就可以混个醉饱。高粱红的河蟹，用席篓装着，沿街叫卖，而会享受的人们会到正阳楼去，用小小的木槌轻轻敲裂那毛茸茸的蟹脚。

同时，在街上的"香艳的"果摊中间，还有不少兔儿爷摊子，身后插着旗伞的兔儿爷——有大有小，都一样的漂亮工细，有的骑着老虎，有的坐着莲花，有的肩着剃头挑儿，有的背着鲜红的小木柜；这些雕塑小品在千千万万的儿童心中种下美的种子。

同时，以花为粮的丰台开始一挑一挑地往城里运送叶齐苞大的秋菊，而公园中的花匠与爱美的艺菊家也准备给他们费了半年多的苦心与劳力所养成的奇葩异种开"菊展"。北平的菊种之多，式样之奇，足以甲天下。

同时，像春花一般骄傲与俊美的青年学生，从清华园，从出产莲花白酒的海淀，从东南西北城，到北海去划船；荷花久已残败，可是荷叶还给小船上的男女身上染上一些清香。

同时，那文化过熟的北平人，一入八月就准备给亲友们送节礼了。街上的店铺用各式的酒瓶、各种馅子的月饼，把自己打扮得像鲜艳的新娘子；就是那不卖礼品的铺户也要凑个热闹，挂起中秋节大减价的绸条，迎接北平之秋。

北平之秋就是人间的天堂，也许比天堂更繁荣一点呢！

（选自《四世同堂》，题目为编者所加）

读与思

读过《中秋前后》，不得不感叹北京人的确是懂得生活之美的。老舍先生笔下的北平市井生活丰饶美好，精致诗意，连细节中都浸透着自然流露的艺术气息。从葡萄、梨、苹果到大枣、小白梨、白海棠，再到专供闻香的海棠木瓜，每一种水果都那么诱人。最妙的是，这些水果还被果贩们精心陈列，形成一幅幅立体的图案画，这简直是用艺术家的眼光雕琢着生活的细节。果贩们还要再唱上一段"果赞"，让歌声在香气中颤动，让买果子的人得到视觉、听觉、嗅觉的全方位享受。这也折射出北京人追求诗意和美好的生活态度。心灵手巧的你，也来试着做一个水果艺术拼盘，给生活增添一些趣味和诗意吧。

群文探究

1. 北京的炸酱面、四川的麻辣火锅、陕西的羊肉泡馍、广东的云吞面、上海的小笼包、天津的狗不理包子……每一种小吃都蕴含着丰富的文化内涵与地方习俗。尝试制作一道北京小吃或者你家乡的小吃，体验传统美食的制作工艺，并在"小吃品尝会"上与同学们分享你的成果。

2. 中国的美食文化博大精深，许多城市都拥有历史悠久的餐饮老字号。锁定你最想了解的老字号，亲自探访，在大快朵颐的同时，采访店主或老顾客，收集关于这些美食和店铺的有趣故事，了解老字号的"前世今生"。把你的发现和体验记录下来，可以是一篇作文、一本小册子，甚至是一段视频。在"老字号美食分享会"上，把你的探秘之旅分享给大家吧。

第八章　老北京的年节

小孩小孩你别馋，过了腊八就是年。

　　对老北京人而言，年节可不是日历上轻描淡写的标记，而是祖祖辈辈传承下来的情感和生活方式，是人与人之间流动的温情，是对烟火生活的热爱和尊重……来吧，跟我一起走进老北京的年节，感受那份独特的民俗风情！

扫码立领
★ 名师朗读
★ 美文微课
★ 城市印象
★ 老城记忆

同张将蓟门观灯

◎［唐］孟浩然

异俗①非乡俗，新年改故年。
蓟门看火树，疑是烛龙②燃。

注释

①异俗：指不同的风俗习惯。这里指蓟门地区的风俗与诗人家乡的风俗不同。

②烛龙：中国古代神话中的神兽，能够照明。这里形容灯火通明。

读与思

这首诗生动地描绘了蓟门灯火的壮观景象。诗中的"火树"象征着节日装饰的灯火繁多如树，而"烛龙"则是中国古代神话中的神兽，象征着光明与力量。在这里，孟浩然用"疑是烛龙燃"来比喻灯火辉煌，增添了神秘感，将新年的氛围生动地表现出来。

节日童谣两首

过了腊八就是年

小孩小孩你别馋，过了腊八就是年。腊八粥，喝几天，哩哩啦啦二十三。二十三，糖瓜粘。二十四，扫房子。二十五，冻豆腐。二十六，炖羊肉。二十七，宰公鸡。二十八，把面发。二十九，蒸馒头。三十儿晚上，闹一宿。大年初一，扭一扭！

中秋节

月亮鞋，中秋节，吃月饼，供兔爷，穿新袜，换新鞋，跟奶奶，拉姐姐，上趟前门逛趟街。

读与思

读读这些充满童趣的歌谣，感受老北京独特的年节气息。你了解歌谣中说的这些习俗吗？你的家乡也有这样的节日习俗吗？建议你在腊八节时，和家人一起煮一锅香喷喷的腊八粥，感受传统习俗的魅力；在中秋节时，亲手做月饼、画兔爷，在趣味活动中传承文化。

年味忆燕都

◎张恨水

　　旧历年快到了，让人想起燕都的过年风味，悠然神往。北平令人留恋之处，就在那壮丽的建筑和那历史悠久的安逸习惯。西人一年的趣味中心在圣诞，中国人一年的趣味中心却在过

花灯

年。而北平人士之过年，尤其有味。有钱的主儿，自然有各种办法，而穷人买一二斤羊肉，包上一顿白菜馅饺子，全家吃个饱，也可以把忧愁丢开，至少快活二十四小时。人生这样子过去是对的，我就乐意永远在北平过年。

　　…………

　　一跨进十二月的门，廊房头条的绢灯铺，花儿市扎年花儿的铺子，开始悬出他们的货。天津杨柳青出品的年画儿，也有人整大批的运到北平来。大街上哪里有一堵空墙或者一段空走廊，卖年画儿的就在哪里开着画展。东西南城的各处庙会，每到会期也更加热闹。由城市里的人需要的东西，到市郊乡下的人需要的东西，全换了个样，全换成与过年有关的。日子越近年，街上的年景也越浓厚。十五以后，全市纸张店里，悬出了红纸桃符，写春

联的落拓文人，也在避风的街檐下，摆出了写字摊子。送灶的关东糖瓜大筐子陈列出来，跟着干果子铺、糕饼铺，在玻璃门里大篮、小篓陈列上、中、下三等的杂拌儿。打糖锣儿的，来得更起劲。他的担子上，换了适合小孩子抢着过年的口味，冲天子儿、炮打灯、麻雷子、空竹、花刀花枪，挑着四处串胡同。小孩一听锣声，便包围了那担子。所以无论是新来还是久住的人，只要在街上一转，就会察觉到年又快过完了。

北平是容纳着任何一省籍贯人民的都市。真正的宛平、大兴两县人，那百分比是少得可怜的。但这些市民，在北平只要住上三年，就会染上许多迎时过节的嗜好，而且时间越久传染越深。我在北平约莫过了十六七个年，尽管忧患余生，也冲淡不了我对北平年味的回忆。

（本文有删改）

读与思

每逢年节，游子们不远万里归家，大街小巷张灯结彩，人们走亲访友，互道祝福，处处洋溢着人们对新一年的美好憧憬。饺子、年糕、八宝饭，每一道菜都有它的吉祥寓意。张恨水先生饱含深情地讲述了老北京人过年的过程、仪式和欢乐热闹的气氛，让读者也沉浸在过年的喜悦中，感受到在老北京过年的幸福和快乐。张恨水质朴的文字，透露了他对老北京满腔的热爱与留恋。

北京的春节

◎老 舍

按照北京的老规矩，过农历的新年（春节），差不多在腊月的初旬就开头了。"腊七腊八，冻死寒鸦。"这是一年里最冷的时候。可是，到了严冬，不久便是春天，所以人们并不因为寒冷而减少过年与迎春的热情。在腊八那天，人家里，寺观里，都熬腊八粥。这种特制的粥是祭祖祭神的。可是仔细一想，它倒是农业社会的一种自傲的表现——这种粥是用各种米、各种豆与各种干果（杏仁、核桃仁、瓜子、荔枝肉、莲子、花生米、葡萄干、菱角米……）熬成的。这不是粥，而是小型的农业展览会。

腊八蒜

腊八这天还要泡腊八蒜。在这天把蒜瓣放到高醋里，封起来，为过年吃饺子用。到年底，蒜泡得色如翡翠，而醋也有了些辣味，色味双美，使人要多吃几个饺子。在北京，过年时，家家吃饺子。

从腊八起，铺户中就加紧上年货，街上加多了货摊子——卖春联的、卖年画的、卖蜜供的、卖水仙花的等，都是只在这一季节才会出现的。这些赶年的摊子都让儿童们的心跳得特别快。在胡同里，吆喝的声音也比平时更多更复杂起来，其中也有仅在腊月才出现的，像卖历书的、松枝的、薏仁米的、年糕的等。

（本文为节选）

读与思

老舍先生笔下的北京春节，就像一场热热闹闹的年味儿盛宴，让人隔着书页都能闻到那扑面而来的香气。腊八这天，各种米、各种豆和各种干果熬成一锅腊八粥，这不是粥，简直就是一场"小型的农业展览会"！腊八蒜更是绝了，泡得翠绿，咬一口，酸爽得让人忍不住多吃几个饺子。还有那街上的年货摊，春联、年画、蜜供、水仙花……热闹得像开了花，孩子们的心也跟着扑通扑通跳得飞快。

北京的春节，不光是过节，更是过日子的智慧。老舍先生用他那亲切的语言，把北京人的年味儿写得活灵活现，每一处习俗都透着对生活的热爱和对新年的期待。这年味儿，就像胡同里的吆喝声，一声声叫得人心痒痒，让人忍不住想一头扎进去，感受那份热闹和温情。

群文探究

1. 老北京人特别讲究过年过节。在这座千年古都里，年节习俗如同五彩斑斓的风情画卷，展示着老北京的礼仪文化和饮食文化。拜年、贴对联、访亲友，每件事都讲究规矩和礼仪，透着庄重和敬意。选择你最感兴趣的一个传统节日，跟家人共同制作节日用品和特色食物，一起度过这个特别的日子。

2. 很多传统节日都是爱的节日。重阳节，我们尊老敬老，登高、赏菊、插茱萸等活动都与追求健康、祈愿长寿有关。端午节，那翠绿的粽叶包裹的不仅仅是糯米和馅料，更是家人之间浓浓的关爱。中秋节，明月高悬，一家人共同品尝香甜的月饼，思念远方的亲人，这是团圆之爱。春节，更是一场爱的盛宴。请你用文字、图片、视频等多种表达方式，定格这些节日的美好瞬间，与更多的人分享。

研学活动：京城漫游

说到北京，人们总想到一个词——"皇城根"。在这里，你将看到那些曾经只属于帝王将相的壮丽宫殿，感受那些只在诗词中才能窥见的皇家园林的幽静与雅致。从天安门广场的庄严肃穆到故宫的金碧辉煌，从长城的蜿蜒雄伟到颐和园的湖光山色，每一处都是历史的见证，每一景都是文化的传承。你不仅仅是一个游客，还是一个穿越者，一个探险家，一个历史的见证者。

研学主题一：打造"老北京穿越指南"

研学因由： 伙伴们，穿梭在红墙金瓦之间，每一步都是历史的回响。那红墙内的皇家生活似乎充满神秘感和历史气息。请你化身皇家文化体验官，来红墙金瓦间亲自体验一把吧。

研学路线： 永定门—天坛—明长城遗址公园—前门—故宫—景山公园—钟鼓楼—恭王府—北海公园—颐和园—圆明园—明十三陵

　　研学活动：请你用微信朋友圈持续记录、发布你的"老北京穿越指南"，带亲友一起探秘皇城生活。每到一处景点，精选你拍摄的最有代表性的9张照片，配上文字，为亲友展示皇城模样。

穿越之旅第一站：故宫

威风凛凛的石狮子

壮观的故宫午门

金碧辉煌的太和殿

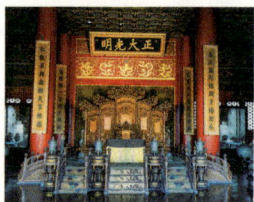

精致典雅的乾清宫

午后宁静的御花园

古色古香的角楼

红墙映着古老的银杏

珍宝馆明孝靖皇后三龙二凤冠

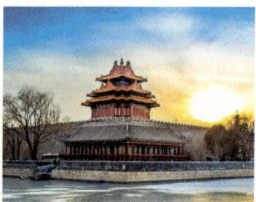

故宫角楼的日落

研学主题二："角色扮演"，解锁京味儿生活

研学因由： "我爷爷小的时候，常在这里玩耍。高高的前门，仿佛挨着我的家。一蓬衰草，几声蛐蛐儿叫，伴随他度过了那灰色的年华。吃一串儿冰糖葫芦就算过节，他一日那三餐，窝头咸菜么就着一口大碗儿茶……"随着这熟悉的旋律，思绪总会不自觉地飘到皇城根下洋溢着浓郁京味儿的地方。要说老北京最热闹的地方，非前门莫属。前门大街及大栅栏等地，汇聚了众多的老字号商铺，如同仁堂、张一元、六必居、内联升等。这些商铺不仅承载着北京的历史，也是现代游客体验老北京风情的绝佳去处。除了前门大街，北京还有一些好玩儿的去处，比如钟鼓楼、琉璃厂、什刹海、荷花市场、烟袋斜街、牛街、潘家园……

研学路线： 天坛—前门—大栅栏—钟鼓楼—什刹海—烟袋斜街—南锣鼓巷—琉璃厂—老舍茶馆/天桥剧场/首都剧场

研学活动： 如果你的时间充裕，不如来一次"角色扮演"，将自己想象成一个土生土长的北京人，沉浸式体验老北京人的一天。对了，别忘了图文并茂地记录下这次宝贵的体验哟！

成为老北京人的一天

时间	地点	活动
7:00	宾馆	沏壶茉莉花茶，老北京人最好这一口儿！
8:00	护国寺小吃（或北京其他早点店）	点了一碗豆汁儿配焦圈，再来点儿驴打滚、豌豆黄，开启幸福感满满的早晨！ 驴打滚　　　　豌豆黄
9:00	天坛	到天坛遛弯儿。这儿不仅是古时候皇家祭天、祈谷的地方，还是当地大爷大妈最爱的晨练公园，是北京最有生活气息的地方之一。老年人在这儿打太极、跳舞、踢毽子、唱京剧……他们当中可有不少是"身怀绝技"的高手。
……		
19:00	老舍茶馆（前门）/ 天桥剧场 / 首都剧场	看京剧 / 听京韵大鼓 / 听相声 / 看话剧……

研学主题三：寻找"青年力量"

研学因由：北京，这座古老恢宏的都城不仅承载着厚重的历史与文化，更涌动着青春的活力与激情。一代代青年曾在这里点燃激情，留下永不磨灭的青春印记。他们的故事被改编成许多经典影视作品。今天，让我们沿着他们的足迹，踏上寻找"青年力量"的心灵之旅。

研学路线：北京大学红楼—《新青年》编辑部旧址—北京鲁迅博物馆—中国人民抗日战争纪念馆

研学活动：你可以拍摄旅行视频日记，或制作一本创意手账来记录自己的探索和发现。

青年足迹	探索发现
 北京大学红楼	

 《新青年》编辑部旧址	
 北京鲁迅博物馆	
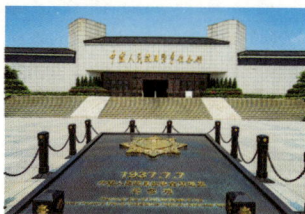 中国人民抗日战争纪念馆	